KB266238

마음이 스스로
한가하다 ─

간체자 한시 95수

마음이 스스로 한가하다
간체자 한시 95수

1판 1쇄 발행 2026년 4월 2일

편저 정이근

편집 문서아   마케팅·지원 조아라

펴낸곳 (주)하움출판사   펴낸이 문현광

이메일 haum1000@naver.com   홈페이지 haum.kr
블로그 blog.naver.com/haum1000   인스타그램 @haum1007

ISBN 979-11-7374-379-5(03800)

마음이 스스로 한가하다

—— 간체자 한시 95수

心自閑

서문

본서는 전체 95편의 한시를 선정하여 해석하였고, 그 해석을 뒷받침하기 위하여 개별 한자의 뜻과 음, 시 구절에서 활용된 어휘에 대한 해설을 하였다. 95편의 한시에는 신라·고려·조선조의 작품 11수와 중국 당나라 시기를 위주로 전후 시기의 중국 한시 84수를 수록하였다. 개별 작품을 선정한 특별한 기준은 없고, 다만 저자가 그동안 접하고 감명을 받은 명문 한시를 위주로 선정하였으며, 그중에는 독자에게 익숙한 작품도 많다. 그러나 특히 고려한 것은, 이들 고전 한시 작품을 통하여 많은 독자가 공감을 하고 마음을 다스리는 매개로 삼아 그야말로 '마음이 스스로 한가한' 단계에 이를 수 있으면 좋겠다는 소박한 바람이었다.

본서는 간체자를 이용하여 한시 작품을 해석하고 있다. 간체자는 획수를 줄여 만든 글자이므로 한자 본래의 구성원리를 파악하기 어려울 수 있고, 간체자로 한시를 익히면 고문헌 원문을 직접 대하는 경우와 거리감을 느낄 수 있다. 그러나 이와 같은 단점이 있음에도 불구하고, 현재 중국에서는 간체자를 표준으로 사용하고 있기 때문에, 작품성이 우수한 한시의 감상을 매개로 하여 현대 문헌 자료의 접근에 매우 유리한 장점이 있다.

이 외에도, 잘 아시는 바와 같이, 한시를 공부하거나 자주 감상을 하면 다음과 같은 이로운 점이 있다. 우선, 정서적 깊이를 더하고 공감 능력을 향상시킬 수 있다. 한시는 절제된 표현 속에 인간의 보편적 정서를 담고 있기 때문이다. 둘째, 언어 감각과 표현력 향상에 도움이 된다. 한자는 함축적 의미를 담고 있기 때문에 시를 해석하는 과정에서 어휘력과 문장력이 자연스럽게 길러지기 때문이다. 셋째, 역사와 문화에 대한 이해를 확대시킬 수 있다. 작품을 통하여 시대적 배경과 사상, 관습, 인물 등을 파악할 수 있다. 넷째, 사고 능력과 해석 능력을 배양할 수 있다. 한시의 분석을 통하여 비판적 사고력과 해석 능력이 배양된다. 끝으로, 자기 성찰과 마음 수양에 도움이 된다. 한시를 해석하고 감상하는 과정에서 마음을 차분히 다스리고 삶의 가치를 정립할 수 있다. 이와 같은 여러 장점, 특히 자기 성찰과 마음 수양에 도움이 된다는 장점이 저자로 하여금 퇴임 후 한시 해석에 열중할 수 있도록 하였다.

저자는 그동안 법학을 공부하고 연구한 학자로서 한시 관련 저서의 출간은 처음이다. 그러나 이십 수 년 동안 중국법을 연구한 사람으로서, 법 조문의 문언적 의미를 정확히 하는 것이 법 이해의 가장 기본이라는 신념으로 지내온 것을 생각하면, 본서의 개별 작품 번역에서도 같은 마음일 수밖에 없었다. 전공 저역서의 다수 출판 경험을 바탕으로, 가능한 개별 한자의 해석이 누락되지 않고 원문에 충실한 해석을 하려고 적극 노력하였다.

끝으로, 본서의 각 한시에는 '감상 도움'의 란이 마련되어 있지만, 저자는 가능한 불필요한 언급을 피하고자 하였다. 감상의 무궁한 영역은 독자의 영역이기 때문이다. 즉 작품의 감상은 주관적인 영역이고 편저자는 번역에 더 충실하는 것이 바람직하다는 생각이었다. 그리고, 앞서 말한 대로 본서에 엄선된 작품은 모두 95수이다. 처음 100수 선정을 계획하였으므로 미완의 저술이라 할 수도 있다. 미완의 공간은 독자의 마음속에 있는 귀중한 작품으로 채워져 완성되길 소망한다.

2026년 3월 18일

편저자 정이근(鄭二根)

| 차례 |

❶

秋夜雨中(추야우중)

가을 밤 비가 오는데

新罗·崔致遠
신라·최치원

秋风唯苦吟,

世路少知音。

窗外三更雨,

灯前万里心。

■ 한자의 뜻과 음

가을 추 바람 풍 오직 유 괴로울 고 읊을 음
秋　风　唯　苦　吟，

인간 세 길 로 적을 소 알 지 소리 음
世　路　少　知　音。

창문 창 바깥 외 석 삼 고칠 경 비 우
窗　外　三　更　雨，

등잔 등 앞 전 일만 만 마을 리 마음 심
灯　前　万　里　心。

가을바람 부는데 홀로 괴로움을 읊노니,
세상에 내 마음을 알아주는 이가 별로 없구나.
한밤중 창밖에는 비가 내리고,
등잔불 앞에 있으나 마음은 만리를 떠나 있네.

唯(유) 오직. 홀로.
世路(세로) 세상 행로에. 살아가는 길에.
知音(지음) 지기(知己). 친구, 자신을 알아주는 사람.
三更(삼경) 한밤중.

만리 타국 당나라에서 활동하던 최치원 선생이 타국에서 느낀 고독함
과 향수, 그리고 자신의 재능을 알아주지 않는 현실에 대한 심경을 담
고 있는 시다.

❷ 金刚山

금강산

高丽·成石璘

고려·성석린

一万二千峰，

高低自不同。

君看日轮上，

高处最先红。

■ 한자의 뜻과 음

한 일　일만 만　두 이　일천 천　봉우리 봉
一　万　二　千　峰，

높을 고　낮을 저　스스로 자　아니 불　한가지 동
高　低　自　不　同。

임금 군　볼 간　날 일　바퀴 륜　위 상
君　看　日　轮　上，

높을 고　곳 처　가장 최　먼저 선　붉을 홍
高　处　最　先　红。

일만 이천 봉우리,

높고 낮은 것이 각기 다르구나.

그대여 보라. 둥근 해가 떠오르면,

높은 곳이 가장 먼저 붉어지는 것을.

自(자) 각자(各自). 각기 또는 각각으로 해석함이 적절함.

日轮上(일륜상) 둥근 해가 떠오르다.

금강산의 일출을 보면서, 해가 떠오르면 높은 곳이 먼저 붉어진다는 표현으로 덕망이 높은 사람이 존경받을 것임을 은유적으로 표현하고 있다.

❸ 山夕詠井中月(산석영정중월)

산에서 밤을 보내며 우물 속의 달을 읊다

高丽·李奎报
고려·이규보

山僧貪月色,
缾汲一瓶中。
到寺方应觉,
瓶倾月亦空。

■ 한자의 뜻과 음

뫼 산 스님 승 탐할 탐 달 월 빛 색
山　僧　貪　月　色，

아우를 병 길을 급 한 일 단지 병 가운데 중
缾　　汲　一　瓶　中　。

이를 도 절 사 모 방 응할 응 깨달을 각
到　寺　方　应　觉，

단지 병 기울 경 달 월 또 역 빌 공
瓶　倾　月　亦　空。

내용 해석

■ 내용 해석

산에 사는 스님이 달빛을 탐내어,
항아리 속에 물과 함께 달을 길었네.
절에 도착하면 비로소 깨달을 것이니,
항아리를 기울이면 달도 역시 사라진다는 것을.

■ 주요 어휘

方(방) 마침내. 비로소.
应觉(응각) 응당 깨달을 것이다.
亦(역) ~도 역시. 또한.
空(공) 텅 비다. 공허하다. 헛되다.

■ 감상 도움

월색(月色)은 인간의 욕심 또는 득도의 경지를 상징할 수 있으나, 시는
욕심의 부질 없음 또는 무상함을 알리고 있다.

山居_(산거)

산에서 살며

高丽·李仁老
고려·이인로

山居无别事，投老只吟诗。
鸟下寒溪近，云生远岫迟。
门因长树僻，地即小园宜。
更有清尊酒，招邀一钓师。

■ 한자의 뜻과 음

뫼산 살거 없을무 나눌별 일사　던질투 늙을노 단지지 읊을음 시시
山　居　无　别　事，　投　老　只　吟　诗。

새조 아래하 찰한 시내계 가까울근　구름운 날생 멀원 산봉우리수 더딜지
鸟　下　寒　溪　近，　云　生　远　岫　迟。

문문 인할인 길장 나무수 궁벽할벽　땅지 곧즉 작을소 동산원 마땅의
门　因　长　树　僻，　地　即　小　园　宜。

다시갱 있을유 맑을청 술그릇준 술주　부를초 맞을요 한일 낚시할조 스승사
更　有　清　尊　酒，　招　邀　一　钓　师。

■ 내용 해석

산에서 사니 별다른 일이 없고, 노년이 되어 다만 시를 읊을 뿐이다.

새는 차가운 물이 흐르는 시냇가에 내려앉고, 구름은 멀리 산봉우리에

서 더디게 생겨난다.

문은 우거진 나무로 인해 한적하고, 논밭은 작은 뜰 정도라 적당하다.

또한 맑은 술이 한통 있으니, 낚시꾼 한사람을 불러 맞이하리다.

■ 주요 어휘

投老(투로) 노년이 되다. 나이가 많아 은퇴하다.

长树(장수) 키가 큰 나무. 무성한 나무들. 울창한 나무들.

僻(벽) 궁벽하다. 외지고 쓸쓸하다. 한적하다. 구석지다.

地(지) 여기서는 논밭으로 해석함.

宜(의) 알맞다. 적당하다.

更有(갱유) 또한 ~가 있다.

招邀(초요) 불러서 맞이하다. 불러서 대접하다.

钓师(조사) 낚시꾼.

■ 감상 도움

속세에서 벗어나 산속에 은거하며 지내는 풍류를 표현한 시다. 생활의

중심은 시를 읊고 술벗을 불러 술을 마시는 것이다.

送人(송인)

님을 보내고

高丽·郑知常
고려·정지상

雨歇长堤草色多,
送君南浦动悲歌。
大同江水何时尽,
别泪年年添绿波。

■ 한자의 뜻과 음

비우 쉴헐 길장 둑제 풀초 빛색 많을 다
雨 歇 长 堤 草 色 多,

보낼 송 임금 군 남녘 남 물가 포 움직일 동 슬플 비 노래 가
送 君 南 浦 动 悲 歌。

클 대 한가지 동 강 강 물 수 어찌 하 때 시 다할 진
大 同 江 水 何 时 尽,

나눌 별 눈물 루 해 년 해 년 더할 첨 푸를 록 물결 파
别 泪 年 年 添 绿 波。

■ 내용 해석

비가 그친 긴 강둑에 풀색은 더욱 짙고,

남포에서 님을 보내고 슬픈 노래를 부르네.

대동강 물은 어느 때에 마를까,

이별의 눈물이 해가 갈수록 푸른 물결에 더해지네.

■ 주요 어휘

雨歇(우헐) 비가 그친 뒤. 비가 갠 뒤.

草色多(초색다) 풀의 색이 더욱 무성하다. 풀의 색이 더욱 짙다.

动悲歌(동비가) 슬픈 노래가 나온다. 슬픈 노래를 부른다. 动은 '그러한
감정을 불러일으키다'로 해석한다.

■ 감상 도움

대동강의 풍경에 대비하여 사랑하는 님과의 이별을 극대화시킨 표현으
로서, 강물조차 이별의 눈물이 더해져 불어난다는, 이별의 슬픔을 과장
하고 있다.

❻

阵中吟(진중음)

전선에서 읊는 시

朝鮮·李舜臣
조선·이순신

一身報国有萬死，

双鬢向人无再青。

留得声名在史册，

不虚见在此生中。

■ 한자의 뜻과 음

한 일 몸 신 갚을 보 나라 국 있을 유 일만 만 죽을 사
一　身　報　国　有　萬　死，

쌍 쌍 살쩍 빈 향할 향 사람 인 없을 무 다시 재 푸를 청
双　鬢　向　人　无　再　青。

머무를 유 얻을 득 소리 성 이름 명 있을 재 역사 사 책 책
留　　得　声　名　在　史　册，

아니 불 빌 허 볼 견 있을 재 이 차 날 생 가운데 중
不　　虚　见　在　此　生　中　。

이 한 몸 나라를 위하여 만 번의 죽음을 각오하고,

양쪽 귀밑머리는 다시 젊어지게 하지 않는다.

역사에 영예로운 이름을 남길 수 있다면,

이 생에 살아 경험한 것을 바쳐도 헛되지 않으리라.

双鬓(쌍빈) 양쪽 귀밑머리.

向人(향인) 사람에게. 사람에.

留得(유득) ~할 수 있다면. ~한다면.

声名(성명) 영예로운 이름. 세상에 알려진 이름.

不虚(불허) 헛되지 않다.

见(견) 보다. 맞이하다. 경험하다. 살아 경험한.

이순신 장군이 목숨을 바쳐 국가에 충성을 다하겠다는 굳은 신념과 의
지를 표현한 시다.

花石亭

화석정

朝鲜·李珥

조선·이이

林亭秋已晚，骚客意无穷。

远水连天碧，霜枫向日红。

山吐孤轮月，江含万里风。

塞鸿何处去，声断暮云中。

■ 한자의 뜻과 음

수풀 림	정자 정	가을 추	이미 기	늦을 만	시끄러울 소	손 객	뜻 의	없을 무	다할 궁
林	亭	秋	已	晚，	骚	客	意	无	穷。

멀 원	물 수	잇닿을 련	하늘 천	푸를 벽	서리 상	단풍 풍	향할 향	날 일	붉을 홍
远	水	连	天	碧，	霜	枫	向	日	红。

뫼 산	토할 토	외로울 고	바퀴 륜	달 월	강 강	머금을 함	일만 만	마을 리	바람 풍
山	吐	孤	轮	月，	江	含	万	里	风。

변방 새	큰기러기 홍	어찌 하	곳 처	갈 거	소리 성	끊을 단	저물 모	구름 운	가운데 중
塞	鸿	何	处	去，	声	断	暮	云	中。

내용 해석

숲속의 정자에 가을은 이미 깊었고, 소란한 나그네의 상념은 끝이 없도다.
멀리 물은 하늘에 닿아 푸르고, 서리 맞은 단풍은 해를 따라 붉구나.
산은 외롭고 둥근 달을 토하고, 강은 만리의 바람을 머금었네.
변방의 기러기는 어느 곳으로 가는지, 울음소리가 저녁 구름 속으로 사라지네.

주요 어휘

何处(하처) 어느 곳. 어디.
骚客(소객) 시끄러운 나그네. 세상일을 성찰하고 비분강개 또는 우국충절의 감정을 시로 표현하는 시인. 율곡 자신.
意(의) 뜻. 생각 또는 상념.

감상 도움

십만 병사의 양성을 주장한 율곡이, 화석정에 은거할 당시, 기름걸레를 써서 수시로 그 정자를 닦도록 하였으며, 후일 임진왜란으로 선조가 피신할 때 정자가 불타올라 피신을 도왔다는 전설이 있다.

访金居士野居(방김거사야거)

김 거사의 시골집을 찾아가다

朝鲜·郑道传
조선·정도전

秋陰漠漠四山空,

落叶无声满地红。

立马溪桥问归路,

不知身在画图中。

■ 한자의 뜻과 음

가을 추　그늘 음　사막 막　사막 막　넉 사　뫼 산　빌 공
秋　　陰　　漠　　漠　　四　山　　空,

떨어질 락　잎사귀 엽　없을 무　소리 성　찰 만　땅 지　붉을 홍
落　　　叶　　无　　声　　满　地　　红。

설 립　말 마　시내 계　다리 교　물을 문　돌아갈 귀　길 로
立　马　　溪　　桥　　问　　归　　　路,

아니 불　알 지　몸 신　있을 재　그림 화　그림 도　가운데 중
不　　知　身　　在　　画　　图　　中。

가을의 흐린 기운이 광막하고 사방의 산은 텅 비어 있는데,

낙엽은 소리 없이 떨어져 천지가 붉게 물들었다.

말을 세우고 시내를 건너는 다리에서 돌아갈 길을 묻는데,

내가 그림 속에 있음을 알지 못했네.

野居(야거) 시골집. 촌집. 소박한 거처.

秋陰(추음) 가을 구름. 가을의 음기. 가을의 흐린 기운.

漠漠(막막) 광막하다. 쓸쓸하다. 광활하고 아득하다.

立馬(입마) 말을 세우다.

김 거사의 시골집을 찾아가다 자신 스스로 그림 속에 서 있는 듯한 여
재화중(如在畵中)의 경지를 알아차린 순간을 표현한 시다.

四友亭_(사우정)
네 벗의 우뚝함

朝鮮·朴仁老
조선·박인로

池上亭亭百尺松,

寒天斜日翠浮空。

四时不变专孤节,

肯畏严霜与疾风。

■ 한자의 뜻과 음

못 지 위 상 정자 정 정자 정 일백 백 자 척 솔 송
池 上 亭 亭 百 尺 松,

찰 한 하늘 천 비낄 사 날 일 물총새 취 뜰 부 빌 공
寒 天 斜 日 翠 浮 空。

넉 사 때 시 아니 불 변할 변 오로지 전 외로울 고 마디 절
四 时 不 变 专 孤 节,

어찌 긍 두려워할 외 엄할 엄 서리 상 더불 여 병 질 바람 풍
肯 畏 严 霜 与 疾 风。

연못가에 우뚝 솟은 백 척 소나무,

차가운 하늘에 해는 기울어지고 물총새는 하늘로 날아오르네.

사시사철 변함없이 오직 고고한 절개를 지키니,

어찌 된서리와 세찬 바람을 두려워하리.

■ 주요 어휘

四友(사우) 매화, 대, 국화, 소나무(또는 난초를 포함함).

亭亭(정정) 늙은 몸이 꾸정꾸정한 모습. 산이 솟아있는 모양이 우뚝함.

肯畏(긍외) 어찌 ~을 두려워하리.

严霜(엄상) 된서리.

疾风(질풍) 세찬 바람.

■ 감상 도움

어려움 속에서 뜻과 도리를 지키는 인간의 지조와 절의를 상징하는 소나무의 절개를 표현한 시다.

述懷(술회)

마음에 품은 생각을 말함

朝鮮·朴竹西

조선·박죽서

不欲忆君自忆君,

问君何事每相分。

莫言靈鵲能传喜,

几度虚惊到夕曛。

■ 한자의 뜻과 음

아니 불 하고자할 욕 생각할 억 임금 군 스스로 자 생각할 억 임금 군

不　欲　忆　君　自　忆　君 ,

물을 문 임금 군 어찌 하 일 사 매양 매 서로 상 나눌 분

问　君　何　事　每　相　分 。

말 막 말씀 언 신령 령 까치 작 능할 능 전할 전 기쁠 희

莫　言　靈　鵲　能　传　喜 ,

몇 기 법도 도 빌 허 놀랄 경 이를 도 저녁 석 어스레할 훈

几　度　虚　惊　到　夕　曛 。

그대를 생각하지 않으려 해도 저절로 그대가 생각나네요.

그대에게 물어요. 무슨 일로 늘 서로 헤어져 있어야 하는지.

신령스런 까치가 기쁜 소식을 전할 수 있다고 말하지 마세요.

저녁 어스레할 즈음에 몇 번을 헛되이 놀랐는지 몰라요.

■ 주요 어휘

述懷(술회) 마음에 품은 생각을 말하다. 품은 생각을 서술하다.

相分(상분) 서로 헤어지다. 서로 떨어져 있다.

莫言(막언) ~라고 말하지 마라.

几度(기도) 몇 번을.

夕曛(석훈) 저녁 어스레할 때.

■ 감상 도움

애타게 님을 그리는 마음과 기다림에 지친 다소의 원망을 표현한 시다.

野雪(야설)

들판의 눈

朝鮮·李亮淵
조선·이양연

穿雪野中去,

不須胡乱行。

今朝我行跡,

遂作後人程。

■ 한자의 뜻과 음

뚫을 천 눈 설 들 야 가운데 중 갈 거
穿　雪　野　中　去,

아니 불 모름지기 수 오랑캐 호 어지러울 란 갈 행
不　須　胡　乱　行。

이제 금 아침 조 나 아 갈 행 자취 적
今　朝　我　行　跡,

마침내 수 지을 작 뒤 후 사람 인 길 정
遂　作　後　人　程。

눈 내리는 들판을 헤치고 갈 때,
함부로 걸어가지 마라.
오늘 아침 나의 발자취는,
마침내 나중 사람들의 길이 되기 때문이다.

穿(천) 통과하다. 지나가다. 뚫고 지나가다.
不须(불수) ~하지 마라.
胡乱(호란) 아무렇게. 되는대로. 함부로. 경솔하게.
遂作(수작) 마침내 ~이 되다. 마침내 ~하다.

걸음걸이 하나라도 행동 하나라도 바르게, 즉 말과 행동을 함에 있어
여러 사정을 두루 살피고 사회적 영향을 생각하며 행하여야 함을 말하
고 있다.

长歌行(장가행)

긴 노래 형식의 시

乐府歌辞
악부가사

青青园中葵，朝露待日晞。

阳春布德泽，万物生光辉。

常恐秋节至，焜黄华叶衰。

百川东到海，何时复西归。

少壮不努力，老大徒伤悲。

■ 한자의 뜻과 음

푸를 청 푸를 청 동산 원 가운데 중 해바라기 규　　아침 조 이슬 로 기다릴 대 날 일 마를 희
青　青　园　中　葵　，　朝　露　待　日　晞　。

볕 양 봄 춘 펼 포 큰 덕 못 택　　일만 만 물건 물 날 생 빛 광 빛날 휘
阳　春　布　德　泽，　万　物　生　光　辉　。

항상 상 두려울 공 가을 추 마디 절 이를 지　　빛날 혼 누를 황 빛날 화 잎사귀 엽 쇠할 쇠
常　恐　秋　节　至，　焜　黄　华　叶　衰　。

일백 백 내 천 동녘 동 이를 도 바다 해　　어찌 하 때 시 회복할 복 서녘 서 돌아갈 귀
百　川　东　到　海，　何　时　复　西　归　。

적을 소 장할 장 아니 불 힘쓸 노 힘 력　　늙을 로 클 대 헛될 도 다칠 상 슬플 비
少　壮　不　努　力，　老　大　徒　伤　悲　。

초록이 짙은 정원에 해바라기 피어 있고, 아침 이슬은 해가 떠서 마르기를 기다린다.

따스한 봄은 은덕을 널리 베풀고, 만물은 찬란한 빛을 발하며 생장한다.

언제나 가을이 오기를 두려워하며, 누렇게 마른 꽃과 잎은 시들어간다.

수 많은 강은 동쪽으로 흘러 바다로 가니, 어느 때에 다시 서쪽으로 되돌아 갈까?

젊고 힘이 있을 때 노력하지 않으면, 늙고 어른이 된 후 헛되이 후회하고 슬퍼할 것이다.

■ 주요 어휘

德泽(덕택) 베풀어준 은혜. 호택(浩泽)은 큰 은혜.

华(화) 꽃과 같은 의미로 쓰임.

徒(도) 헛될 도. 공(空)과 같은 뜻으로 쓰임. 예컨대, 도로무익(徒劳无益)은 아무 이익이 없는 헛된 노력.

伤悲(상비) 후회하며 슬퍼함.

■ 감상 도움

만물의 성쇠 과정과 불가역적 자연법칙을 노래하고, 시간의 소중함과 젊은 시절의 근면 노력을 강조한다. 청춘은 봄, 노년은 가을, 시간의 흐름을 강물에 비유하고 있다.

13

上邪_(상사)

하늘이여

乐府诗
악부시

上邪。

我欲与君相知，长命无绝衰。

山无陵，江水为竭，

冬雷震震，夏雨雪，天地合，

乃敢与君绝。

■ 한자의 뜻과 음

위 상　간사할 사
上　邪 。

나 아　하고자할 욕　더불 여　임금 군　서로 상　알 지　　길 장　목숨 명　없을 무　끊을 절　쇠할 쇠
我　欲　与　君　相　知, 长　命　无　绝　衰 。

뫼 산　없을 무　언덕 릉　　강강 물 수　할 위　다할 갈
山　无　陵, 江　水　为　竭,

겨울 동　우레 뢰　우레 진　우레 진　　여름 하　비 우　눈 설　　하늘 천　땅 지　합할 합
冬　雷　震　震, 夏　雨　雪, 天　地　合,

이에 내　감히 감　더불 여　임금 군　끊을 절
乃　敢　与　君　绝 。

하늘이여.

나는 나의 님과 서로 깊이 사랑하며, 헤어지거나 멀어짐 없이 오래도록

살고 싶습니다.

산에 언덕이 없어지고, 강물이 다 마르며,

겨울에 번개와 천둥이 치고, 여름에 눈이 내리며, 천지가 합해진다면,

그때는 감히 나의 님과 헤어질 수 있나이다.

上邪(상사) 상야(上耶), 상제(上帝) 또는 상천(上天)의 뜻. 즉, 하늘이여.

相知(상지) 지기. 친구. 서로 친하게 지내다. 서로 매우 깊이 알다.

长命(장명) 오래오래 살다.

绝衰(절쇠) 헤어지고 멀어지다.

雨雪(우설) 눈이 내리다.

乃敢(내감) 마침내 ~할 수 있다. 비로소 감히 ~하다.

이루어질 수 없는 다섯 가지 조건을 하늘에 제시하며, 이러한 조건이

이루어진다면 감히 사랑하는 님과 헤어질 수 있다는 애절한 사랑의 기

도 노래다.

14

薤露(해로)
달래 위의 이슬

乐府诗
악부시

薤上露，何易晞。
露晞明朝更复落，
人死亦去何时归。

■ 한자의 뜻과 음

달래 해 위 상 이슬 로　　어찌 하 쉬울 이 마를 희
薤　上　露，何　易　晞。

이슬 로 마를 희 밝을 명 아침 조 다시 갱 회복할 복 떨어질 락
露　晞　明　朝　更　复　落，

사람 인 죽을 사 또 역 갈 거 어찌 하 때 시 돌아갈 귀
人　死　亦　去　何　时　归　。

■ 내용 해석

달래 위의 이슬은 어찌 이리 쉽게 마르는가?
이슬이 마르면 내일 아침에 다시 내려앉는데,
사람은 죽어서 가면 어느 때에 다시 돌아올까?

■ 주요 어휘

薤(해) 달래 해. 염교 해. 백합과에 속하는 여러해살이 풀.

何易(하이) 어찌 이리 쉽게 ~하는가?

晞(희) 마르다.

何时(하시) 어느 때.

■ 감상 도움

해로가는 상여를 메고 가면서 부르는 만가(挽歌)의 일종으로 알려진다. 인
생무상 또는 아침 이슬처럼 짧은 인간 생명의 유한성을 표현하고 있다.

木果(목과)

모과

诗经·卫风
시경·위풍

(一)

投我以木果，报之以琼琚。

匪报也，永以为好也。

(二)

投我以木桃，报之以琼瑶。

匪报也，永以为好也。

(三)

投我以木李，报之以琼玖。

匪报也，永以为好也。

■ 한자의 뜻과 음

(一)

| 던질 투 | 나 아 | 써 이 | 나무 목 | 실과 과 | | 갚을 보 | 갈 지 | 써 이 | 아름다운옥 경 | 패옥 거 |
| 投 | 我 | 以 | 木 | 果 | ， | 报 | 之 | 以 | 琼 | 琚 | 。 |

| 비적 비 | 갚을 보 | 어조사 야 | | 길 영 | 써 이 | 할 위 | 좋을 호 | 어조사 야 |
| 匪 | 报 | 也 | ， | 永 | 以 | 为 | 好 | 也 | 。 |

(二)

던질 투 나 아 써 이 나무 목 복숭아 도　갚을 보 갈 지 써 이 아름다운옥 경 아름다운옥 요
投　我　以　木　桃，　报　之　以　　琼　　　瑶　　。

비적 비 갚을 보 어조사 야　길 영 써 이 할 위 좋을 호 어조사 야
匪　　报　　也　，　永　以　为　好　　也　　。

(三)

던질 투 나 아 써 이 나무 목 오얏 리　갚을 보 갈 지 써 이 아름다운옥 경 옥돌 구
投　我　以　木　李，　报　之　以　　琼　　　玖　。

비적 비 갚을 보 어조사 야　길 영 써 이 할 위 좋을 호 어조사 야
匪　　报　　也　，　永　以　为　好　　也　　。

■ 내용 해석

(一)

나에게 모과를 주니, 나는 아름다운 옥대로 보답하네.

그저 보답이 아니라, 영원히 소중한 정으로 생각하리라.

(二)

나에게 복숭아를 주니, 나는 아름다운 옥으로 보답하네.

그저 보답이 아니라, 영원히 소중한 정으로 생각하리라.

(三)

나에게 자두를 주니, 나는 아름다운 옥구슬로 보답하네.

그저 보답이 아니라, 영원히 소중한 정으로 생각하리라.

■ 주요 어휘

<u>卫风</u>(위풍) 위(衛)나라 민가.

<u>投</u>(투) 던지다. 보내주다(送). '주다'로 해석함.

<u>报</u>(보) 보답하다.

41

匪(비) ~이 아니다. 부정형 접두사로 비(非)의 뜻으로 쓰임.

木桃(목도) 복숭아.

木李(목리) 자두.

以为(이위) ~으로 알다. ~으로 생각하다. ~으로 여기다.

■ 감상 도움

나무 열매는 정성이 담긴 상대방의 소박한 선물이고 옥은 나의 보답을
의미한다. 당신의 마음은 열매보다 귀하고 내 보답은 옥보다 가볍다는
의미일 것이다.

离骚(이소)

이별의 근심 (일부 구절 인용)

楚·屈原
초·굴원

惟草木之零落兮，

恐美人之迟暮。

民生各有所乐兮，

余独好修以为常。

■ 한자의 뜻과 음

생각할 유 풀 초 나무 목 갈 지 떨어질 령 떨어질 낙 어조사 혜
惟　草　木　之　零　落　兮，

두려울 공 아름다울 미 사람 인 갈 지 늦을 지 저물 모
恐　　美　人　之　迟　暮。

백성 민 날 생 각각 각 있을 유 바 소 즐길 락 어조사 혜
民　生　各　有　所　乐　兮，

나 여 홀로 독 좋을 호 닦을 수 써 이 할 위 항상 상
余　独　好　修　以　为　常。

■ 내용 해석

초목이 시들어 낙엽이 떨어지는 것을 생각하니,

아름다운 사람의 늙어감이 두려워진다.

사람들의 생은 각자 나름의 즐거움이 있으니,

나는 홀로 수양을 함으로써 생의 즐거움으로 삼는다.

■ 주요 어휘

騷(소) 소란, 소동. 여기서는 근심 또는 괴로움으로 해석함.

惟(유) ~때문에, ~로 인하여.

零落(영락) 시들어 떨어지다.

美人(미인) 여기서는 군주 또는 이상(理想), 또는 초나라.

遲暮(지모) 만년. 늘그막. 황혼.

好修(호수) 수양을 즐기다.

■ 감상 도움

이소(离骚)는 초나라 시인 굴원의 장편 서사시로 자신의 충절과 이상, 세속과의 갈등, 국가에 대한 충절과 슬픔을 표현한 작품이다. 장편의 내용 가운데 극히 일부를 발췌하여 소개하는 1~2구는 자연의 섭리와 인간의 한계를 느낄 수 있고, 3~4구에서는 시인의 고결한 인품과 고독한 삶의 모습을 확인할 수 있다.

沧浪歌(창랑가)

창랑강의 노래

楚歌
초나라 노래

沧浪之水清兮,
可以濯我缨。
沧浪之水浊兮,
可以濯我足。

물이름 창 물결 랑 갈 지 물 수 맑을 청 어조사 혜
沧　浪　之　水　清　兮　,

옳을 가 써 이 씻을 탁 나 아 갓끈 영
可　以　濯　我　缨。

물이름 창 물결 랑 갈 지 물 수 흐릴 탁 어조사 혜
沧　浪　之　水　浊　兮　,

옳을 가 써 이 씻을 탁 나 아 발 족
可　以　濯　我　足。

■ 내용 해석

창랑의 물이 맑으면,

나의 갓끈을 씻을 수 있네.

창랑의 물이 흐리면,

나의 발을 씻을 수 있다네.

■ 주요 어휘

可以(가이) ~할 수 있다.

濯(탁) 세탁하다. 洗(세: 씻다)의 의미와 같음.

我纓(아영) 내 갓끈. 벼슬이나 명예를 상징.

我足(아족) 내 발. 현실 속의 나를 비유.

■ 감상 도움

물이 맑으면 고귀한 뜻을 펼치고, 물이 흐릴 땐 현실에 맞추어 살면 된다는 유연성을 제안하는 초나라 사람(어부)의 노래로, 屈原(굴원)과 어부의 대화에 등장하는 내용이다. 굴원은 이상주의자고 어부는 현실주의자다.

⓲ 龟虽寿_(귀수수)

龟虽寿(귀수수)

거북이 비록 오래 살지만

三国·曹操
삼국시대·조조

神龟虽寿，犹有竟时。

腾蛇乘雾，终有土灰。

老骥伏枥，志在千里。

烈士暮年，壮心不已。

盈缩之期，不但在天。

养怡之福，可得永年。

幸甚至哉，歌以咏志。

■ 한자의 뜻과 음

귀신 신　거북 귀　비록 수　목숨 수　　오히려 유　있을 유　마침내 경　때 시
神　龟　虽　寿，　犹　有　竟　时。

오를 등　뱀 사　탈 승　안개 무　　마칠 종　있을 유　흙 토　재 회
腾　蛇　乘　雾，　终　有　土　灰。

늙을 로　천리마 기　업드릴 복　말구유 력　　뜻 지　있을 재　일천 천　마을 리
老　骥　伏　枥，志　在　千　里。

세찰 렬　선비 사　무덤 묘　해 년　　장할 장　마음 심　아니 불　이미 이
烈　士　墓　年，壮　心　不　已。

찰 영 줄일 축 갈 지 기약할 기 아니 불 다만 단 있을 재 하늘 천
盈 缩 之 期 ， 不 但 在 天 。
기를 양 기쁠 이 갈 지 복 복 가할 가 얻을 득 길 영 해 년
养 怡 之 福 ， 可 得 永 年 。
다행 행 심할 심 이를 지 어조사 재 노래 가 써 이 읊을 영 뜻 지
幸 甚 至 哉 ， 歌 以 咏 志 。

■ 내용 해석

신령스런 거북이 비록 오래 살지만, 마침내 죽는 때가 있다.

구름을 타고 하늘을 나는 뱀도 결국에는 흙과 재가 된다.

늙은 천리마가 마구간에 엎드려 있어도, 마음은 천리를 달리고 있다.

열사는 죽어 무덤에 있어도 그 장대한 포부는 그치지 않는다.

생명의 길고 짧음을 오직 하늘이 정하는 것만은 아니다.

즐거움을 양생하는 복으로 영원함을 얻을 수 있다.

이 행복이 얼마나 크나큰 것인가, 그 뜻을 음미하며 노래를 부른다.

■ 주요 어휘

神龜(신귀) 천년 이상 사는 전설의 거북. 장수를 의미함.

竟時(경시) 죽는 때로 해석함.

腾蛇(등사) 전설상의 뱀으로 구름을 타고 날아다님.

驥(기) 천리마, 준마.

不已(불이) 멈추지 않다. 지속되다. ~而已(이이) ~일 뿐이다.

盈缩(영축) 성공과 실패, 생명의 길고 짧음으로 해석함.

养怡(양이) 즐거워하는 성정을 기르는 것.

哉(재) 어조사로 ~구나 ~도다 ~이로다 ~것인가? 의미로 쓰임.

幸甚至哉(행심지재) 행복이 심함에 이르는 구나. 얼마나 크나큰 행복인가.

■ 감상 도움

늙어서도 뜻과 포부를 버리지 않고 마을을 잘 다스리면 오래 살 수 있
고 자신의 뜻을 이룰 수 있음을 말하고 있다.

19

七步诗(칠보시)

일곱 걸음 시

三国·曹植
삼국시대·조식

煮豆燃豆萁，
漉豉以为汁。
萁在釜下燃，
豆在釜中泣。
本是同根生，
相煎何太急。

■ 한자의 뜻과 음

삶을 자 콩 두 불탈 연 콩 두 콩깍지 기
煮　豆　燃　豆　萁，

거를 녹 메주 시 써 이 할 위 즙 즙
漉　豉　以　为　汁。

콩깍지 기 있을 재 가마 부 아래 하 불탈 연
萁　　在　釜　下　燃，

콩 두 있을 재 가마 부 가운데 중 울 읍
豆　　在　釜　中　泣。

근본 본 이 시 한가지 동 뿌리 근 날 생
本　　是　同　根　生，

相　煎　何　太　急。

■ 내용 해석

콩을 삶는데 콩깍지로 불을 때고,

메주를 걸러 장을 만들려 하네.

콩깍지는 솥 아래서 불타고,

콩은 솥 안에서 눈물을 흘리네.

본디 한 뿌리에서 난 것인데,

서로 볶아대는 꼴이 어찌 이리도 급한가?

■ 주요 어휘

煮豆燃萁(자두연기) 콩을 삶기 위해 콩깍지를 태운다.

漉(녹) 거르다. 濾(여) '여과하다'와 같은 의미로 쓰임.

汁(즙) 간장의 의미로 쓰임.

相煎(상전) 서로 달이다. 서로 삶다. '서로 볶아대다'로 해석함.

■ 감상 도움

조식은 위나라 조조의 넷째 아들이며, 煮豆燃萁(자두연기)의 고사를 참
고할 수 있다. 형제애 또는 공동체 윤리를 설명하는 경우에 전형적인
소재가 되는 시다.

20

垓下歌(해하가)
해하전투의 슬픈 노래

秦·项羽
진·항우

力拔山兮气盖世。

时不利兮骓不逝。

骓不逝兮可奈何。

虞兮虞兮奈若何。

■ 한자의 뜻과 음

힘 력 뽑을 발 뫼 산 어조사 혜 기운 기 덮을 개 인간 세
力　拔　山　兮　气　盖　世。

때 시 아니 불 이로울 이 어조사 혜 오추마 추 아니 불 갈 서
时　不　利　兮　骓　不　逝。

오추마 추 아니 불 갈 서 어조사 혜 가할 가 어찌 내 어찌 하
骓　不　逝　兮　可　奈　何。

염려할 우 어조사 혜 염려할 우 어조사 혜 어찌 내 같을 약 어찌 하
虞　兮　虞　兮　奈　若　何。

힘은 산을 뽑고 기세는 세상을 덮는다.

때가 불리하니 오추마도 달릴 수가 없다.

말이 달리지 않으니 어찌할까나.

우희야 우희야 너를 어찌하면 좋으냐?

垓下(해하) 옛 지명. 지금의 안후이성(安徽省) 영벽현 동남 지역.

騅(추) 검푸른 털에 흰털이 섞인 말.

不逝(불서) 달릴 수가 없다.

奈何(내하) 어찌할까?

虞(우) 우희(虞姬: 항우의 애첩)를 말함.

若(약) 약은 여러 의미로 사용되나 여기서는 그대 또는 당신의 의미로 사용됨.

힘과 기세는 넘치나 형세가 불리하여 모든 것을 잃고 사랑하는 이도 떠나야 하는 인간적 절망과 이별을 노래하고 있다. 진나라 말 초나라 사람인 항우(项羽)와 한나라 유방(刘邦)의 결전인 해하(垓下)전투에서 항우와 우희의 비극적 이별 장면을 다룬 대표적 경극 霸王別姬(패왕별희)의 내용을 참고할 수 있다.

21

大风歌(대풍가)

큰 위세를 노래함

汉·刘邦
한·유방

大风起兮云飞扬。

威加海内兮归故乡。

安得猛士兮守四方。

■ 한자의 뜻과 음

클 대 바람 풍 일어날 기 어조사 혜 구름 운 날 비 날릴 양
大　风　起　兮　云　飞　扬。

위엄 위 더할 가 바다 해 안 내 어조사 혜 돌아갈 귀 연고 고 시골 향
威　加　海　内　兮　归　故　乡。

어찌 안 얻을 득 사나울 맹 선비 사 어조사 혜 지킬 수 넉 사 모 방
安　得　猛　士　兮　守　四　方。

■ 내용 해석

큰 바람이 일어나고, 구름이 날아 오르네.

위세는 천하에 이르고, 고향으로 돌아왔네.

어떻게 유능한 인재를 얻어, 나라를 지킬 수 있을까?

大风(대풍) 유방 자신의 위세를 의미.

海内(해내) 국내. 천하를 의미.

威加海内(위가해내) 위세는 천하에 이르다. 천하통일을 의미함.

安(안) 어찌~할 수 있겠는가? 安得(안득) 어떻게 얻을 수 있을까?

猛士(맹사) 용맹한 장수와 유능한 인재.

守四方(수사방) 천하를 지킴. 나라를 지킴.

■ 감상 도움

유방이 천하를 통일한 후 고향 패현(沛县: 지금의 장쑤성 풍현)으로 돌아와 지은 시로 알려진다. 천하통일의 위업 달성과 향후 수성(守成)에 대한 걱정을 표현하고 있다.

22

归园田居(其一)(귀원전거, 제1수)

东晋·陶淵明
동진·도연명

전원으로 돌아와 살다

少无适俗韵，性本爱丘山。
误落尘网中，一去三十年。
羁鸟恋旧林，池鱼思故淵。
开荒南野际，守拙归园田。
方宅十余畝，草屋八九间。
榆柳荫後檐，桃李罗堂前。
曖曖遠人村，依依墟里烟。
狗吠深巷中，鸡鸣桑树颠。
户庭无尘杂，虚室有余闲。
久在樊笼裏，复得返自然。

■ 한자의 뜻과 음

적을 소　없을 무　맞을 적　풍속 속　운치 운　　성품 성　근본 본　사랑 애　언덕 구　뫼 산
少　　无　　适　　俗　　韵，　性　　本　　爱　　丘　　山。

그르칠 오　떨어질 락　티끌 진　그물 망　가운데 중　　한 일　갈 거　석 삼　열 십　해 년
误　　落　　尘　　网　　中，　一　　去　　三　　十　　年。

굴레 기 새 조 그리워할 련 옛 구 수풀 림　못 지 물고기 어 생각 사 연고 고 못 연
羈　鳥　恋　旧　林，池　鱼　思　故　淵。

열 개 거칠 황 남녘 남 들 야 끝 제　지킬 수 옹졸할 졸 돌아갈 귀 동산 원 밭 전
开　荒　南　野　际，守　拙　归　园　田。

모 방 집 택 열 십 남을 여 이랑 무　풀 초 집 옥 여덟 팔 아홉 구 사이 간
方　宅　十　余　畝，草　屋　八　九　间。

느릅나무 유 버들 류 그늘 음 뒤 후 처마 첨　복숭아 도 오얏 리 비단 라 집 당 앞 전
榆　　柳　荫　後　檐，桃　李　罗　堂　前。

희미할 애 희미할 애 멀 원 사람 인 마을 촌　의지할 의 의지할 의 언덕 허 마을 리 연기 연
曖　　曖　遠　人　村，依　依　墟　里　烟。

개 구 짖을 폐 깊을 심 골목 항 가운데 중　닭 계 울 명 뽕나무 상 나무 수 정수리 전
狗　吠　深　巷　中，鸡　鸣　桑　树　颠　。

집 호 뜰 정 없을 무 티끌 진 섞일 잡　빌 허 집 실 있을 유 남을 여 한가할 한
戶　庭　无　尘　杂，虚　室　有　余　闲　。

오랠 구 있을 재 울타리 번 대바구니 롱 속 리　회복할 복 얻을 득 돌이킬 반 스스로 자 그럴 연
久　在　樊　笼　裏，复　得　返　自　然。

어릴 적에는 속세의 분위기에 적응하지 못하였고, 성품은 본래 언덕배기 산을 좋아하였네.

티끌과 같은 세상의 그물에 잘못 떨어져, 삼십 년이 훌쩍 흘러갔다.

새장에 갇힌 새는 옛 숲을 그리워하고, 못에 기르는 물고기는 자연의 연못을 생각하네.

남쪽 들판 끝의 황무지를 개간하고, 졸박함을 지키고자 전원으로 돌아왔다.

모가 난 택지는 삼백여 평, 초가집은 여덟 아홉 칸이다.

느릅나무 버드나무는 뒤 처마를 가리고, 복숭아나무 자두나무가 집 앞에 줄지어 서 있다.

어슴푸레 멀리 사람 사는 마을이 있고, 언덕진 마을에서 연기가 한들한들 피어오르네.

개는 구석진 골목에서 짖어대고, 닭이 뽕나무 꼭대기에서 울어댄다.

집 마당에는 더럽고 잡스러운 것이 없으며, 빈 방에는 한가로움이 넉넉하다.

오랫동안 새장 속에 있다가, 다시 자연으로 돌아올 수 있게 되었다.

適俗韵(적속운) 세속의 분위기에 적응하다.

丘山(구산) 언덕배기 산.

尘网(진망) 티끌과 같은 세상의 그물. 벼슬을 하며 지내는 삶.

羁鸟(기조) 새장에 갇힌 새.

故淵(고연) 자연의 연못.

守拙(수졸) 졸박함을 지키다. 소박한 삶의 즐거움을 지키다.

畝(무) 1무는 30평 정도의 넓이.

罗堂前(라당전) 집 앞에 늘어서다.

暧暧(애애) 어슴푸레하다.

墟里(허리) 언덕진 마을. 촌락.

依依(의의) 여기서는 한들거리는 모양을 표현한 것으로 해석함. 한들거리다.

戶庭(호정) 집 마당.

尘杂(진잡) 먼지처럼 더럽고 잡스러운. 세속적인 욕망.

樊笼(번롱) 새장.

复得(복득) 다시 ~할 수 있다.

■ 감상 도움

귀원전거(归园田居)는 모두 5수로 되어 있고, 여기서는 제1수를 해석하였다. 도연명(陶淵明)이 벼슬을 그만두고 은거할 때 지은 시로, 전원으로 돌아온 경위와 전원의 풍경 등을 묘사하였고, 전원으로 돌아온 주된 이유는 졸박함을 지키기 위한 것이다. 시에서 수졸(守拙)을 위한 여러 조건을 제시하고 있는 데, 즉 方宅十余畝에서 虛室有余閑까지의 내용이 수졸을 위한 최적의 조건이다.

23

归园田居(其三)(귀원전거, 제3수)

东晋·陶渊明
동진·도연명

전원으로 돌아와 살다

种豆南山下，草盛豆苗稀。

晨兴理荒秽，带月荷锄归。

道狭草木长，夕露沾我衣。

衣沾不足惜，但使愿无违。

■ 한자의 뜻과 음

심을 종 콩 두 남녘 남 뫼 산 아래 하　풀 초 성할 성 콩 두 모 묘 드물 희
种　豆 南 山 下， 草 盛 豆 苗 稀。

새벽 신 흥할 흥 다스릴 리 거칠 황 거칠 예　띠 대 달 월 멜 하 호미 서 돌아갈 귀
晨　兴 理 荒 秽， 带 月 荷 锄　归 。

길 도 좁을 협 풀 초 나무 목 길 장　저녁 석 이슬 로 젖을 점 나 아 옷 의
道 狭 草 木 长， 夕 露 沾 我 衣。

옷 의 젖을 점 아니 불 족할 족 아낄 석　다만 단 부릴 사 바랄 원 없을 무 어긋날 위
衣 沾 不 足 惜， 但 使 愿 无 违 。

남산 아래에 콩을 심었는데, 풀은 무성하고 콩은 드물다.

새벽에 일어나 잡초를 매고, 달빛 아래 호미를 메고 돌아온다.

길은 좁고 초목은 자라나서, 저녁 이슬에 내 옷이 젖는다.

옷이 젖는 것은 아깝지 않고, 다만 내 소원이 어긋남이 없기를 바란다.

南山(남산) 여기서는 여산(庐山)을 의미한다.

興(흥) 일어나다(起)와 같은 뜻으로 쓰임.

荒穢(황예) 콩밭의 잡초를 의미함.

足惜(족석) 아깝다. 애석하다.

帶月(대월) 대월(戴月)과 같은 뜻으로 달을 머리에 이다. 달빛 아래로 해석함.

但使(단사) 다만~한다면. 만약~라면. 여기서는 가정이나 양보의 접속사로 쓰임.

愿无違(원무위) 소원이 어긋남이 없다. 시에서 愿은 바랄 원(願)의 간체자로 쓰임.

몸소 농사지어 자급하는 궁경자급(躬耕自給)의 전원생활과 노동의 감정을 표현하고, 전원생활을 찬미하는 것으로 이해된다. 마지막 구절의 '어긋남이 없다'는 것은 세속에서 물러나 전원에서 은거하고자 하는 시인의 소망(소박한 삶의 즐거움)이 유지되기를 바라는 것으로 이해된다.

24

企喻歌(기유가)

남북조 시대의 민가

빗대어 하는 노래

男儿欲作健，结伴不须多。
鹞子经天飞，羣雀两向波。

■ 한자의 뜻과 음

사내 남 아이 아 하고자할 욕 지을 작 굳셀 건   맺을 결 짝 반 아니 불 모름지기 수 많을 다
男　儿　欲　作　健，　结　伴　不　须　多。

새매 요 아들 자 날 경 하늘 천 날 비   무리 군 참새 작 두 량 향할 향 물결 파
鹞　子　经　天　飞，　羣　雀　两　向　波。

■ 내용 해석

남자로서 영웅호걸이 되고자 함에, 친구를 많이 사귈 필요는 없다.
새매가 수직으로 하늘을 날면, 참새 떼는 두 갈래 방향으로 흩어진다.

■ 주요 어휘

企喻(기유) 비유를 꾀하는. 비유하는. 빗대어 하는.
作健(작건) 사나이가 되다. 영웅호걸이 되다.

结伴(결반) 친구를 사귀다.

经(경) 세로로. 수직으로.

羣雀(군작) 참새 떼. 무리를 지은 참새.

两向波(양향파) 두 방향으로 파도를 일으키다. 즉, 두 방향으로 퍼져 나
가다. 두 방향으로 흩어지다.

■ 감상 도움

새들의 행동 특성을 인간관계에 빗대어 표현한 교훈적인 시다. 큰 뜻을
가진 사람은 무리에 휩쓸리지 말고 당당하게 살아가야 함을 말한다.

25

人日思归(인일사귀)

사람의 날에 고향으로 돌아가고 싶은 생각

随·薛道衡
수·설도형

入春才七日,
离家已二年。
人归落雁后,
思发在花前。

■ 한자의 뜻과 음

들입 봄춘 재주재 일곱칠 날일
入　春　才　七　日,

이별리 집가 이미이 두이 해년
离　家　已　二　年。

사람인 돌아갈귀 떨어질낙 기러기안 뒤후
人　归　落　雁　后,

생각사 필발 있을재 꽃화 앞전
思　发　在　花　前。

봄에 들어선 지 겨우 이레인데,

집을 떠난 지는 벌써 두 해가 되었네.

기러기 내려앉은 후에 사람들은 고향으로 돌아가고,

나의 그리움은 꽃보다 먼저 피어오르네.

■ 주요 어휘

人日(인일) 음력 정월 초칠일을 말함. 가족의 평안을 기원하는 날이다.

才(재) 이제 막. 겨우. 비로소.

落雁(낙안) 기러기가 내려앉음. 철새가 북으로 돌아감. 즉, 귀향을 의미함.

思发(사발) 그리움이 피어오르다. 그리움이 북받치다.

■ 감상 도움

한정된 형식(오언절구)의 짧은 구절 속에서 시간, 공간, 감정이 모두 압축
되어 있다. 타향(강남)에서 가족을 그리워하며 쓴 시다.

尋隐者不遇(심은자불우)

唐·贾岛
당·가도

은거하는 사람을 찾아갔으나 만나지 못함

松下问童子,
言师採药去。
只在此山中,
云深不知处。

■ 한자의 뜻과 음

솔 송 아래 하 물을 문 아이 동 아들 자
松　下　问　童　子,

말씀 언 스승 사 딸 채 약 약 갈 거
言　师　採　药　去。

단지 지 있을 재 이 차 뫼 산 가운데 중
只　在　此　山　中,

구름 운 깊은 심 아니 불 알 지 곳 처
云　深　不　知　处。

소나무 아래에서 동자에게 물으니,
스승님은 약초를 캐러 가셨다고 한다.
단지 이 산중에 계시지만,
구름이 깊어 있는 곳을 알지 못한다고 한다.

尋隠者(심은자) 은자를 찾아가다. 은거하는 사람을 찾아가다.
只在(지재) 단지 ~에 있다.
處(처) 처소. 있는 장소. 있는 곳.

약초를 캐며 은거하는 훌륭한 스승을 찾아갔으나 만나지 못함을 시로
표현한 것이다. 문득 훌륭한 스승은 시장 바닥에 숨어 산다는 말이 떠
오른다.

27

題李凝幽居(제이응유거)

唐·贾岛
당·가도

이응이 은거하는 거처에서 쓴 시

闲居少邻并，草径入荒园。
鸟宿池边树，僧敲月下门。
过桥分野色，移石动云根。
暂去还来此，幽期不负言。

■ 한자의 뜻과 음

한가할 한 살 거 적을 소 이웃 린 아우를 병　풀 초 지름길 경 들 입 거칠 황 동산 원
闲　居　少　邻　并，草　径　入　荒　园。

새 조 잘 숙 못 지 갓 변 나무 수　스님 승 두드릴 고 달 월 아래 하 문 문
鸟　宿　池　边　树，僧　敲　月　下　门。

지날 과 다리 교 나눌 분 들 야 빛 색　옮길 이 돌 석 움직일 동 구름 운 뿌리 근
过　桥　分　野　色，移　石　动　云　根。

잠간 잠 갈 거 돌아올 환 올 래 이 차　그윽할 유 기약 기 아니 불 짐질 부 말씀 언
暂　去　还　来　此，幽　期　不　负　言。

■ 내용 해석

한적한 곳에 사니 이웃에 같이 사는 사람이 적고, 풀 우거진 길을 들어

서니 황량한 뜰이 나오네.

새는 연못가의 나무에서 잠을 자는데, 스님은 달빛 아래에서 대문을 두드린다.

다리를 건너자 들판의 풍경은 또렷하고, 바위를 옮겨가며 산안개가 넘어가네.

잠시 떠났다가 다시 이곳으로 올 것이니, 이 은밀한 기약을 어기지 않을 것이다.

■ 주요 어휘

閑居(한거) 한적한 곳에 거주하다. 은거하는 곳.

敲(고) 두드리다.

分也色(분야색) 들판의 풍경이 또렷하다. 분(分)은 분별하다. 가리다. 식별하다는 뜻으로 해석.

云根(운근) 구름의 뿌리. 산에서 피어나는 구름 또는 산 안개.

幽期(유기) 은밀한 약속. 밀회의 기약.

负言(부언) 약속을 어기다.

■ 감상 도움

가도가 은거하는 친구의 거처를 찾았다가 돌아오며 그 거소 주변의 정경을 표현한 시다. 글을 다시 다듬고 고치는 작업을 퇴고(推敲)라 하는 바, 이 용어의 유래가 되는 시로 알려져 있다. 즉, 승퇴월하문(僧推月下门)과 승고월하문(僧敲月下门)의 밀 퇴(推)자와 두드릴 고(敲)자를 놓고 고민하다 한유(韩愈)의 조언으로 두드릴 고(敲)자를 택한 일화에서 비롯된다.

28

蜂(봉)

벌

唐·罗隐

당·나은

不论平地与山尖，

无限风光尽被占。

采得百花成蜜后，

为谁辛苦为谁甜。

■ 한자의 뜻과 음

아니 불　논할 론　평평할 평　땅 지　더불 여　뫼 산　뾰족할 첨

不　论　平　地　与　山　尖 ，

없을 무　한할 한　바람 풍　빛 광　다할 진　입을 피　점령할 점

无　限　风　光　尽　被　占 。

캘 채　얻을 득　일백 백　꽃 화　이룰 성　꿀 밀　뒤 후

采　得　百　花　成　蜜　后 ，

할 위　누구 수　매울 신　괴로울 고　할 위　누구 수　달 첨

为　谁　辛　苦　为　谁　甜 。

■ 내용 해석

평지와 산꼭대기를 가리지 않고,

무한한 경치는 모두 다 차지하였네.

온갖 꽃에서 채집하여 꿀을 만든 후,

누구를 위하여 고생을 하고 누구를 위하여 달콤한 꿀을 만드는가?

주요 어휘

不论(불론) ~을 막론하고.

山尖(산첨) 산꼭대기.

无限风光(무한풍광) 아름다운 풍광. 꽃밭.

采得(채득) 따서 모으다.

为谁(위수) 누구를 위하여.

辛苦(신고) 고생, 수고로움.

甜(첨) 달콤하다. 달다. 달콤한 꿀로 해석함.

감상 도움

벌의 행위를 통하여, 노동하는 자에 대한 동정심을 표현한 시라 할 수 있다.

29

山行
산행

唐·杜牧
당·두목

遠上寒山石径斜，
白云生处有人家。
停车坐愛枫林晚，
霜叶红於二月花。

■ 한자의 뜻과 음

멀 원 위 상 찰 한 뫼 산 돌 석 지름길 경 기울 사
遠　上　寒　山　石　径　斜，

흰 백 구름 운 날 생 곳 처 있을 유 사람 인 집 가
白　云　生　处　有　人　家。

머무를 정 수레 거 앉을 좌 사랑 애 단풍나무 풍 수풀 림 늦을 만
停　车　坐　愛　枫　林　晚，

서리 상 잎사귀 엽 붉을 홍 어조사 어 두 이 달 월 꽃 화
霜　叶　红　於　二　月　花。

찬바람이 이는 산 비탈진 돌길을 따라 멀리 오르니,

흰 구름이 생겨나는 곳에 인가가 있네.

수레를 멈추고 앉아 늦가을 단풍을 감상하니,

서리 맞은 단풍잎이 이월의 꽃보다 붉다.

遠上(원상) 멀리 오르다.

寒山(한산) 찬 바람이 부는 산.

愛(애) 여기서는 '감상하다'로 해석함.

枫林晚(풍림만) 짙게 물든 단풍 또는 늦가을 단풍.

於(어) ~보다 (더). 비교를 표시함.

二月花(이월화) 이월에 피는 꽃. 봄꽃.

마지막 구절의 서리 맞은 단풍잎이 이월(봄)에 피는 꽃보다 붉다는 표현
은 청춘보다 아름다운 황혼을 비유하며, 지금도 널리 인용되고 있다.

30

清明
청명

唐·杜牧
당·두목

清明时节雨纷纷，
路上行人欲断魂。
借问酒家何处有，
牧童遥指杏花村。

■ 한자의 뜻과 음

맑을 청 밝을 명 때 시 마디 절 비 우 어지러울 분 어지러울 분
清　明　时　节　雨　纷　　纷　，

길 로 위 상 갈 행 사람 인 하고자할 욕 끊을 단 혼 혼
路　上　行　人　　欲　　断　魂。

빌릴 차 물을 문 술 주 집 가 어찌 하 곳 처 있을 유
借　　问　酒　家　何　处　有，

기를 목 아이 동 멀 요 가리킬 지 은행 행 꽃 화 마을 촌
牧　　童　遥　指　　杏　花　村　。

청명 절기에 비가 어지럽게 내리니,

길가는 행인은 혼이 나간 듯하다.

주막이 어디 있는지 물으니,

소치는 아이는 멀리 살구꽃 핀 마을을 가리킨다.

淸明(청명) 매년 양력 4월 4~6일경. 청명은 하늘이 맑고 밝아진다는 뜻
이나 봄이 본격적으로 시작됨을 알리는 시기.

紛紛(분분) 어지럽게 내리다.

欲(욕) ~할 듯하다. 조동사로 쓰임.

断魂(단혼) 소혼(销魂)과 같은 뜻. 혼을 뺏기다. 넋이 나가다.

借问(차문) 모르는 것을 묻다.

何处(하처) 어디. 어느 곳.

牧童(목동) 목동. 소치는 아이로 해석함.

遥指(요지) 멀리 가리키다.

강남의 봄비 내리는 풍경을 그린 시로, 봄나들이를 즐기는 사람들의 심
경과 소망을 묘사하고 있다. 간결한 언어와 서정적 문체를 사용하고 있
고 칠언절구의 걸작으로 알려져 있다. 마음의 편안함을 얻을 수 있는
장소를 알려주는 목동 같은 사람이 좋다.

31

江村(강촌)

강가의 마을

唐·杜甫
당·두보

清江一曲抱村流，长夏江村事事幽。
自去自来梁上燕，相亲相近水中鸥。
老妻画纸为棋局，稚子敲针作钓鉤。
多病所须唯药物，微躯此身更何求。

■ 한자의 뜻과 음

맑을 청 물 강 한 일 굽을 곡 안을 포 마을 촌 흐를 류　길 장 여름 하 물 강 마을 촌 일 사
清　江　一　曲　抱　村　流，长　夏　江　村　事

일 사 그윽할 유
事　幽　。

스스로 자 갈 거 스스로 자 올 래 들보 량 위 상 제비 연　서로 상 친할 친 서로 상
自　去　自　来　梁　上　燕，相　亲　相

가까울 근 물 수 가운데 중 갈매기 구
近　水　中　鸥　。

늙을 노 아내 처 그림 화 종이 지 할 위 바둑 기 판 국　어릴 치 아들 자 두드릴 고 바늘 침
老　妻　画　纸　为　棋　局，稚　子　敲　针

지을 작 낚시 조 갈고리 구
作　钓　鉤　。

多 病 所 须 唯 药 物 ， 微 躯 此 身
更 何 求 。

■ 내용 해석

맑은 강물은 굽이쳐 마을을 감싸 흐르고, 기나긴 여름 강가의 마을은 만사가 고요하다.

지붕 위의 제비는 스스로 갔다가 돌아오고, 물 위의 갈매기는 서로 가깝고도 다정하다.

늙은 아내는 도화지에 바둑판을 그리고, 어린 아들은 바늘을 두드려 낚시 바늘을 만든다.

병이 많아 필요한 것은 오직 약물뿐이니, 보잘것없는 이 몸이 더 무엇을 구하겠는가?

■ 주요 어휘

长夏(장하) 긴 여름. 기나긴 여름.

事事(사사) 모든 일. 만사.

幽(유) 그윽하다. 고요하다.

梁上燕(양상연) 지붕 위를 날아다니는 제비.

相亲相近(상친상근) 서로 가깝고 친근하다. 서로 가깝고 다정하다.

画纸(화지) 도화지. 종이에 그리다.

棋局(기국) 바둑판.

稚子(치자) 어린 아들.

钓鉤(조구) 낚시 바늘.

<u>微躯</u>(미구) 하찮은 몸. 보잘것없는 몸.
<u>更何求</u>(갱하구) 더 무엇을 구하는가?

■ 감상 도움

시인이 전란을 피해 강촌에 머물며 보내는 평온한 강촌의 일상을 그린 작품이다. 앞 2절(1~4구)은 자연의 풍경과 고요함을, 뒤 2절(5~8구)은 가족들의 소박한 삶과 고독하고 불우한 자신의 삶에 대한 만족한 심정을 표현하고 있다.

江畔独步寻花(강반독보심화)

唐·杜甫
당·두보

강가에서 홀로 걸으며 꽃을 찾다

黄四娘家花满蹊,

千朵万朵压枝低。

留连戏蝶时时舞,

自在娇莺恰恰啼。

■ 한자의 뜻과 음

누를 황　넉 사　여자 낭　집 가　꽃 화　찰 만　좁은길 혜
黄　四　娘　家　花　满　蹊 ,

일천 천　꽃봉오리 다　일만 만　꽃봉오리 다　누를 압　가지 지　낮을 저
千　朵　万　朵　压　枝　低 。

머무를 류　잇닿을 련　놀 희　나비 접　때 시　때 시　춤출 무
留　连　戏　蝶　时　时　舞 ,

스스로 자　있을 재　아리따울 교　꾀꼬리 앵　흡사할 흡　흡사할 흡　울 제
自　在　娇　莺　恰　恰　啼 。

황씨 넷째 딸 집으로 가는 좁은 길에 꽃이 만발하고,

천 송이 만 송이 꽃은 가지가 늘어지도록 달려 있네.

떠나지 못하고 노니는 나비는 수시로 춤추며 날고,

아름다운 꾀꼬리가 한가롭게 꾀꼴꾀꼴 울고 있다.

江畔(강반) 강변, 강가.

黃四娘(황사낭) 황씨의 넷째 딸. 두보의 이웃.

蹊(혜) 좁은 길.

压(압) 누르다. '달려 있네'로 해석함.

留連(유연) 미련이 있어 떠나지 못하는.

自在(자재) 자유로운, 편안한, 여유로운, 한가로운.

恰恰啼(흡흡제) 꾀꼴꾀꼴 울다. 흡흡(恰恰)은 때마침, 바로의 의미.

봄을 상징하는 꽃, 나비, 꾀꼬리를 소재로 하여 봄날 자연 속의 즐거움
과 편안함을 묘사하고 있다.

登高(등고)

높은 곳에 오르다

唐·杜甫
당·두보

风急天高猿啸哀，渚清沙白鸟飞回。

无边落木萧萧下，不尽长江滚滚来。

万里悲秋常做客，百年多病独登台。

艰难苦恨繁霜鬓，潦倒新停浊酒杯。

■ 한자의 뜻과 음

바람 풍 급할 급 하늘 천 높을 고 원숭이 원 소리내울 소 슬플 애　물가 저 맑을 청 모래 사

风　急　天　高　猿　啸　哀，渚　清　沙

흰 백 새 조 날 비 돌아올 회

白　鸟　飞　回　。

없을 무 갓 변 떨어질 락 나무 목 처량할 소 쓸쓸할 소 아래 하　아니 불 다할 진 길 장

无　边　落　木　萧　萧　下，不　尽　长

물 강 구를 곤 구를 곤 올 래

江　滚　滚　来。

일만 만 마을 리 슬플 비 가을 추 항상 상 지을 작 손 객　일백 백 해 년 많을 다 병들 병

万　里　悲　秋　常　作　客，百　年　多　病

홀로 독 오를 등 집 대

独　登　台。

어려울 간 어려울 난 쓸 고 한스러워할 한 번성할 번 서리 상 살쩍 빈 초라할 료

艰 难 苦 恨 繁 霜 鬓， 潦

꺼꾸러질 도 새 신 머무를 정 흐릴 탁 술 주 잔 배

倒 新 停 浊 酒 杯。

■ 내용 해석

바람을 세차고 하늘은 높으며 원숭이 울음소리 슬픈데, 작은 섬 맑은 모래밭에는 흰 새가 날아든다.

끝도 없이 낙엽은 처량하게 떨어지고, 장강의 물은 끊임없이 세차게 흐른다.

만리길 슬픔 가득한 가을에 늘 나그네가 되어, 백년인생 병이 많아 홀로 누대에 오른다.

고난에 맺힌 한으로 귀밑머리에 서리가 내리고, 초라한 행색에 이제는 탁주잔도 내려놓는다.

■ 주요 어휘

登高(등고) 높은 곳에 오르다. 음력 9월 9일 중양절에 높은 곳에 올라 액운을 막는다는 풍습이 있다.

渚(저) 물가 저. 강 사이에 있는 작은 섬.

落木(낙목) 낙엽을 말함.

蕭蕭(소소) 쓸쓸하다. 처량하다.

不盡(부진) 다함이 없다. 무궁무진하다.

滾滾(곤곤) 물이 세차게 흐르다. 소용돌이치다.

悲秋(비추) 가을의 슬픔. 슬픔 가득한 가을.

百年(백년) 사람의 일생을 말함.

繁(번) 많다. 번성하다.

艰难(간난) 험난함. 고난.

霜鬢(상빈) 머리가 희게 세다. 귀밑머리가 희게 세다.

潦倒(료도) 초라하게 되다. 타락하다.

新停(신정) 새로이 ~을 그만두다. 이제는 ~을 멈추다.

■ 감상 도움

이 시는 중양절에 높은 곳에서 바라본 장강의 풍경을 묘사하고, 그 풍경을 통하여 자신의 방랑, 노년, 질병, 슬픔 등 슬픈 감정을 표현하고 있다. 앞 4구는 풍경을 묘사하고 뒤 4구는 자신의 감정을 표현한다. 풍경과 감정은 서로 조화를 이루고 가을의 슬픔이라는 주제를 관통하고 있다. 각 구절은 서로 대비를 이루지만 매우 자연스럽고 칠언율시의 최고 작품으로 일컬어진다.

绝句
절구

唐·杜甫
당·두보

两个黄鹂鸣翠柳，

一行白鹭上青天。

窗含西岭千秋雪，

门泊东吴万里船。

■ **한자의 뜻과 음**

두 양 낱 개 누를 황 꾀꼬리 리 울 명 비취 취 버들 류
两　个　黄　鹂　鸣　翠　柳，

한 일 갈 행 흰 백 해오라기 로 위 상 푸를 청 하늘 천
一　行　白　鹭　上　青　天。

창 창 머금을 함 서녘 서 고개 령 일천 천 가을 추 눈 설
窗　含　西　岭　千　秋　雪，

문 문 머물 박 동녘 동 나라 오 일만 만 마을 리 배 선
门　泊　东　吴　万　里　船。

■ 내용 해석

두 마리 황금색 꾀꼬리가 비취색 버드나무에서 지저귀고,

줄 지은 흰 해오라기는 푸른 하늘로 날아 오르네.

창문 넘어 서산의 산 고개에 만년설이 보이고,

문밖에는 만리길 동오에서 온 배가 정박해 있네.

■ 주요 어휘

绝句(절구) 4구절로 구성된 정형의 한시를 말함.

黄鹂(황리) 황금색 꾀꼬리를 말함.

窗含(창함) 창문을 통해서 보인다는 뜻으로 이해함이 적절함.

西岭(서령) 청두(成都)의 서쪽에 있는 민산(岷山)을 말함.

千秋雪(천추설) 만년설을 말함.

东吴(동오) 장강 하류로 삼국시대 오나라 지역.

万里(만리) 동오에서 성도(청두)까지 긴 노정을 의미.

■ 감상 도움

황금색 꾀꼬리와 비취색 버드나무, 흰색 해오라기와 푸른 하늘, 창문과
문, 서산의 만년설과 멀리 동오에서 온 배, 천추와 만리라는 시간과 공간
의 대비 등을 절묘하게 표현하여 자연과 인간의 조화를 담아 내고 있다.

35

春望(춘망)

봄날에 세상을 바라봄

唐·杜甫
당·두보

国破山河在，城春草木深。

感时花溅泪，恨别鸟惊心。

烽火连三月，家书抵万金。

白头搔更短，浑欲不胜簪。

■ 한자의 뜻과 음

나라 국 깰 파 뫼 산 물 하 있을 재　　재 성 봄 춘 풀 초 나무 목 깊을 심

国　破 山 河 在，城 春 草 木 深。

느낄 감 때 시 꽃 화 흩뿌릴 천 눈물 루　　한할 한 나눌 별 새 조 놀랄 경 마음 심

感　时 花 溅 泪，恨 别 鸟 惊 心。

봉화 봉 불 화 잇닿을 련 석 삼 달 월　　집 가 글 서 막을 저 일만 만 쇠 금

烽　火 连 三 月，家 书 抵 万 金。

흰 백 머리 두 긁을 소 다시 갱 짧을 단　　흐릴 혼 하고자할 욕 아니 불 이길 승 비녀 잠

白 头 搔 更 短，浑 欲 不 胜 簪。

■ 내용 해석

나라는 멸망하였지만 산천은 그대로고, 성 안의 봄은 초목이 무성하다.
시국을 생각하면 꽃을 보아도 눈물이 흐르고, 이별의 한으로 새소리에
도 놀란다.
봉화는 석 달에 이어지고, 집에서 온 편지는 만금과 같이 소중하다.
백발은 빗을수록 더 짧아지고, 비녀도 꽂을 수 없는 지경이 되었다.

■ 주요 어휘

国破(국파) 나라의 멸망. 756년 장안이 함락되고 다음 해(757년) 봄의 상황.
烽火连三月(봉화연삼월) 전쟁이 지속됨을 표현한 것.
抵(저) 막을 저. ~에 상당하다. ~에 필적하다는 의미로 쓰임.
更(갱) 더욱 또는 한층 더의 의미로 쓰임.
浑(혼) 온통, 전부, 전혀, 거의. *浑欲(혼욕)* 거의~하려한다.

■ 감상 도움

당 숙종 지덕(至德) 2년 안사의 난으로 함락된 장안의 풍경과 슬픔을 묘
사하고(조국애), 전쟁의 지속과 가족들에 대한 그리움(가족애)을 표현하고
있다. 비녀를 꽂을 수 없는 지경이라는 것은 병약한 몸으로 세상에 대
응할 기력도 없음을 의미한다.

36

金缕衣(금루의)

금실로 짠 옷

唐·杜秋娘
당·두추낭

劝君莫惜金缕衣,

劝君惜取少年时。

花开堪折直须折,

莫待无花空折枝。

■ 한자의 뜻과 음

권할 권 임금 군 말 막 아낄 석 쇠 금 실 루 옷 의
劝　君 莫 惜 金 缕 衣,

권할 권 임금 군 아낄 석 가질 취 적을 소 해 년 때 시
劝　君 惜 取 少 年 时。

꽃 화 열 개 견딜 감 꺾을 절 곧을 직 모름지기 수 꺾을 절
花 开 堪 折 直 　须 　折,

말 막 기다릴 대 없을 무 꽃 화 빌 공 꺾을 절 가지 지
莫 待 无 花 空 折 枝。

88

그대에게 권하노니 금실로 짠 옷을 탐하지 말고,

젊은 시절을 소중히 할 것을 권하노라.

꽃이 피어 꺾을 수 있을 때 바로 꺾어야 하고,

꽃이 진 후에 헛되이 가지를 꺾지 말 것이다.

金缕衣(금루의) 금실로 짠 옷.

惜(석) 소중히 여기다. 중시하다. 아끼다. 금실로 짠 옷을 '탐하다'로 해석함.

少年时(소년시) 청소년 시기. 젊은 시절.

堪(감) 견디다. 여기서는 가(可) 또는 능(能)의 뜻으로 해석.

直须(직수) 마땅히~해야 한다.

空折枝(공절지) 가지를 헛되이 꺾다.

두목(杜牧)의 두추낭시·서문(杜秋娘诗·序)에 게재되어 있는 시로, 시의 작자에 대하여는 여러 견해가 있다. 이 시는 젊은 시절을 소중히 여기고 세월을 허비하지 말라는 교훈을 말하고 있는 바, 금실로 짠 옷을 젊은 시절과 대비시키고, 만개한 꽃은 삶의 아름다움과 성공을 상징한다. 사치스러운 물질적 풍요를 탐하지 말고 성취감을 추구하는 삶의 적극적인 태도를 권고하고 있다.

游子吟(유자음)

길 떠나는 자식에 대하여 읊음

唐·孟郊
당·맹교

慈母手中线, 游子身上衣。

临行密密缝, 意恐迟迟归。

谁言寸草心, 报得三春晖。

■ 한자의 뜻과 음

사랑 자 어미 모 손 수 가운데 중 줄 선　　헤엄칠 유 아들 자 몸 신 위 상 옷 의

慈　母　手　中　线,　游　子　身　上　衣。

임할 임 갈 행 빽빽할 밀 빽빽할 밀 꿰맬 봉　뜻 의 두려울 공 더딜 지 더딜 지 돌아갈 귀

临　行　密　密　缝,　意　恐　迟　迟　归　。

누구 수 말씀 언 마디 촌 풀 초 마음 심　갚을 보 얻을 득 석 삼 봄 춘 빛 휘

谁　言　寸　草　心,　报　得　三　春　晖。

■ 내용 해석

자애로운 어머니 손에 바느실이 들려 있고, 길 떠나는 자식의 윗도리를 깁고 있네.

떠나기에 임하여 촘촘히 기우며, 빨리 돌아오지 못할까 두려운 마음 간직하네.

누가 말할 수 있으랴, 한 마디 풀잎 같은 마음이 춘삼월의 봄볕 같은 은
혜를 갚을 수 있다고.

游(유) 다니다. 떠돌다. 주유하다.

吟(음) 노래 또는 곡과 유사한 의미로 사용.

密密縫(밀밀봉) 아들이 객지에서 오래 머물 것을 걱정하여 옷을 촘촘히
기움.

寸草(촌초) 한 마디 길이의 풀잎. 길 떠나는 아들에 비유.

三春暉(삼춘휘) 춘삼월의 봄볕. 어머니의 은혜를 비유.

통속적 언어로 모친의 자애에 대한 한없는 사랑을 묘사한다. 모자의 골
육지정이 실과 옷으로 표현되고 햇볕이 초목을 생장시키는 현상을 모
친의 높고 깊은 은혜에 비유한다.

宿建德江(숙건덕강)

건덕강에서 숙박하다

唐·孟浩然
당·맹호연

移舟泊烟渚，

日暮客愁新。

野旷天低树，

江清月近人。

■ 한자의 뜻과 음

옮길 이 배 주 배댈 박 연기 연 물가 저
移　舟　泊　烟　渚，

날 일 저물 모 손 객 근심 수 새 신
日　暮　客　愁　新。

들 야 빌 광 하늘 천 굽힐 저 나무 수
野　旷　天　低　树，

물 강 맑을 청 달 월 가까울 근 사람 인
江　清　月　近　人。

■ 내용 해석

배를 옮겨 운무 가득한 나루에 묶어 두니,

날은 저물어 나그네의 근심은 새로워지네.
넓은 들판으로 하늘은 나무 끝에 닿아있고,
맑은 강물에 비친 달은 사람 가까이 다가오네.

■ 주요 어휘

建德江(건덕강) 저장성(浙江省) 절강(浙江) 상류의 건덕현 역내의 강 부분을 칭함.
烟(연) 구름과 안개, 운무로 해석.
渚(저) 물가를 나루터로 해석함.
野旷(야광) 넓은 들판.
天低树(천지수) 하늘이 나무에 닿아있다. 멀리 펼쳐진 하늘이 가까이 있는 나무보다 더 아래로 내려 온 것을 묘사한 것으로 보임.
月(월) 강물 속에 비친 달.

■ 감상 도움

여행 중의 감상을 적은 시로, 자연의 아름다운 전경과 일몰의 고독을 표현하고 있다. 자연스러운 운치가 있고 담담하며 절제된 매력을 가진 시로 평가된다.

春晓(춘효)

봄날 새벽

唐·孟浩然
당·맹호연

春眠不觉晓,
处处闻啼鸟。
夜来风雨声,
花落知多少。

■ 한자의 뜻과 음

봄춘 졸면 아니불 깨달을각 새벽효
春　眠　不　觉　晓 ，

곳처 곳처 들을문 울제 새조
处　处　闻　啼　鸟 。

밤야 올래 바람풍 비우 소리성
夜　来　风　雨　声 ，

꽃화 떨어질락 알지 많을다 적을소
花　落　知　多　少 。

■ 내용 해석

봄날 잠에 취하여 새벽이 오는 줄도 몰랐는데,
도처에 새 지저귀는 소리 들리네.
밤새 비바람 소리가 있었는데,
꽃이 얼마나 많이 떨어졌을까?

■ 주요 어휘

春眠(춘면) 봄날의 잠.
處處(처처) 곳곳에. 도처에.
啼(제) 울다.
知多少(지다소) 얼마나 많은지 아는가?

■ 감상 도움

비가 그친 봄날 새벽의 풍경을 그린 시로, 새소리의 생기와 밤새 비바
람에 의하여 떨어진 꽃에 대한 아쉬움을 표현하고 있다. 한편, 비바람
에 떨어진 꽃을 시인 자신의 처지에 빗대어 읊은 시로 이해할 수 있다.

白云泉(백운천)

백운천에서

唐·白居易
당·백거이

天平山上白云泉，

云自无心水自闲。

何必奔冲山下去，

更添波浪向人间。

■ 한자의 뜻과 음

하늘 천 평평할 평 뫼 산 위 상 흰 백 구름 운 샘 천
天　平　山上白云泉，

구름 운 스스로 자 없을 무 마음 심 물 수 스스로 자 한가할 한
云　自　无　心　水　自　闲 。

어찌 하 반드시 필 달릴 분 부딪칠 충 뫼 산 아래 하 갈 거
何　必　奔　冲　山　下　去，

다시 갱 더할 첨 물결 파 물결 랑 향할 향 사람 인 사이 간
更　添　波　浪　向　人　间 。

천평산 위에 백운천이 있으니,

구름은 스스로 욕심이 없고, 물은 스스로 한가롭다.

어찌하여 산 아래로 달려 내려가서,

인간 세상에 분란을 더할 필요가 있겠는가?

自无心(자무심) '스스로 욕심이 없다'로 해석함.

自闲(자한) 스스로 한가하다.

何必(하필) 어찌(굳이) ~할 필요가 있는가.

奔冲(분충) ~을 향하여 돌진하다.

更添(갱첨) 다시 더하다.

波浪(파랑) 풍파. 분란.

욕심 없고 한가로운 삶을 추구하는 도가적 사상이 표현되고, 시를 통하여 무리한 경쟁의 지양과 자신만의 원칙을 유지할 것을 강조하는 것으로 이해할 수 있다.

忆江南(억강남)

강남을 그리워하며

唐·白居易
당·백거이

江南好，风景旧曾谙。
日出江花红胜火，春来江水绿加蓝，
能不忆江南。

江南忆，最忆是杭州。
山寺月中寻桂子，郡亭枕上看潮头，
何日得重游。

한자의 뜻과 음

강 강 남녘 남 좋을 호　바람 풍 경치 경 옛 구 일찍 증 외울 암
江　南　好，　风　景　旧　曾　谙。

날 일 날 출 강 강 꽃 화 붉을 홍 이길 승 불 화　봄 춘 올 래 강 강 물 수 푸를 록
日　出　江　花　红　胜　火，春　来　江　水　绿

더할 가 쪽빛 람
加　蓝，

능할 능 아니 불 생각할 억 강 강 남녘 남
能　不　忆　江　南。

강 강 남녘 남 생각할 억　　가장 최 생각할 억 이 시 건널 항 고을 주
江 南 忆 , 最 忆 是 杭 州 。

뫼 산 절 사 달 월 가운데 중 찾을 심 계수나무 계 아들 자　　고을 군 정자 정 베개 침 위 상
山 寺 月 中 寻 桂 子 , 郡 亭 枕 上

볼 간 조수 조 머리 두
看 潮 头 ,

어찌 하 날 일 얻을 득 무거울 중 놀 유
何 日 得 重 游 。

■ 내용 해석

강남이 정말 좋은데. 풍경은 오래 전부터 잘 기억하고 있다네.

해가 뜨면 강가의 꽃은 불보다 더 붉고, 봄이 오면 강물은 쪽빛과 같이 푸르니,

어찌 강남을 그리워하지 않으리.

강남이 그리워. 가장 그리운 곳은 항저우다.

산사의 달빛 아래서 계수나무를 찾고, 정자에서 베개를 받쳐 조수가 밀려오는 것을 보았지.

어느 날에 다시 유람할 수 있을까?

■ 주요 어휘

谙(암) 익숙하다. 기억하고 있다.

旧曾(구증) 옛날. 이전.

能不忆(능불억) 그리워하지 않을 수 있는가?

山寺(산사) 천축사(天竺寺)를 의미함.

桂子(계자) 계수나무(금목서, 은목서).

郡亭(군정) 항주의 정자.

潮头(조두) 밀려오는 강 물결의 앞부분. 전강(钱江)의 밀물.

重游(중유) 다시 놀러가다. 다시 유람하다.

시 전체 3수 가운데 제1, 제2수에 해당하는 내용이며, 시인이 지방의 관리를 지내고 북방으로 돌아온 후 강남을 그리워하며 지은 시다.

长恨歌(장한가)

오랜 한의 노래 (마지막 4구 발췌)

唐·白居易

당·백거이

在天愿作比翼鸟,

在地愿作连理枝。

天长地久有时尽,

此恨绵绵无绝期。

■ 한자의 뜻과 음

있을 재 하늘 천 바랄 원 지을 작 견줄 비 날개 익 새 조

在　天　愿　作　比　翼　鸟，

있을 재 땅 지 바랄 원 지을 작 이을 련 다스릴 리 가지 지

在　地　愿　作　连　理　枝。

하늘 천 길 장 땅 지 오랠 구 있을 유 때 시 다할 진

天　长　地　久　有　时　尽，

이 차 한할 한 이어질 면 이어질 면 없을 무 끊을 절 기약할 기

此　恨　绵　绵　无　绝　期。

■ 내용 해석

하늘에서는 날개를 맞댄 새가 되기를 원하고,

땅에서는 한 가지로 연결된 나무가 되기를 원하노라.

천지가 장구하다 해도 다할 때가 있지만,

이 한은 영원히 계속되어 끝날 때가 없노라.

■ 주요 어휘

<u>比翼鸟</u>(비익조) 서로 날개를 맞대야 나는 새. 산해경이나 한서에서는 상상 속의 새로 암수 한 쌍이 항상 함께 다니며 서로 날개를 맞대야 날 수 있다고 한다.

<u>连理枝</u>(연리지) 두 나무의 가지가 서로 붙어서 하나로 된 상태.

<u>绵绵</u>(면면) 끊임없는. 끊임없이 계속되다.

■ 감상 도움

장한가는 당 현종과 양귀비의 사랑과 비극을 그린 작품으로, 여기서는 마지막 4구(2절)를 소개한다 전체 시는 총 840여 자로 된 사랑과 권력 및 그 무상함을 노래한 것으로 덧없는 인간의 정과 세속의 비극을 읊고 있다. 비익조와 연리지는 현대 문학에서 사랑의 표현으로 인용되고 있으며, 진실한 사랑, 서로 긴밀히 의지하는 영원한 사랑 내지 불변의 사랑을 의미한다.

送杜少府之任蜀州

唐·王勃

당·왕발

(송두소부지임촉주)

촉주로 부임하는 두 소부를 보내며

城阙辅三秦，风烟望五津。

与君离别意，同是宦游人。

海内存知己，天涯若比邻。

无为在歧路，儿女共沾巾。

재 성 대궐 궐 도울 보 석 삼 나라이름 진　바람 풍 연기 연 바랄 망 다섯 오 나루 진
城 阙 辅 三 秦 ， 风 烟 望 五 津 。

더불 여 임금 군 이별 리 나눌 별 뜻 의　한가지 동 이 시 벼슬 환 헤엄칠 유 사람 인
与 君 离 别 意 ， 同 是 宦 游 人 。

바다 해 안 내 있을 존 알 지 몸 기　하늘 천 물가 애 같을 약 비할 비 이웃 린
海 内 存 知 己 ， 天 涯 若 比 邻 。

없을 무 할 위 있을 재 갈림길 기 길 로　아이 아 여자 녀 함께 공 젖을 점 수건 건
无 为 在 歧 路 ， 儿 女 共 沾 巾 。

성궐은 삼진을 호위하고 있고, 바람과 구름 넘어 오진을 바라보네.

그대와 이별하는 슬픔은, 벼슬로 떠도는 사람이라면 모두 느끼는 것이라네.

세상에 절친한 벗이 있다면, 하늘 끝에 있어도 이웃처럼 가까운 것이다.

이별의 갈림길에서 아이들처럼 함께 눈물 흘릴 필요는 없지 않는가.

少府(소부) 당시 현위(현의 군사 업무를 관장하는 관리)의 존칭.

之任(지임) 부임하다.

蜀州(촉주) 지명으로 지금의 사천성 숭경현.

城闕(성궐) 당나라 시기의 수도인 장안성을 말함.

三津(삼진) 진한시기 항우가 진나라를 세 지역으로 구분하였는데, 총칭하여 삼진이라 함. 장안 부근 지역.

辅(보) 호위하다.

风烟(풍연) 풍운(风云)의 뜻.

五津(오진) 다섯 군데 항구지역으로 두 소부가 소임을 맡아 떠나는 지역 일대를 말함.

宦游人(환유인) 타지에서 벼슬을 하는 사람. 벼슬로 떠도는 사람.

海内(해내) 세상. 천하.

天涯(천애) 하늘 끝. 세상 끝.

若(약) ~와 같다.

无为(무위) ~하지 마라. ~할 필요가 없다. 불용(不用)의 뜻.

104

이별의 슬픔을 달관한 인생관 또는 낙관적인 생각으로 전환시키고 있다. 군자는 슬퍼도 무너지지 않는다는 유교적 가치가 표현된 시며, 세상에 진정한 벗이 있다면 거리는 중요하지 않다는 구절은 지금도 자주 인용되고 있다.

过香积寺(과향적사)

향적사를 지나며

唐·王维
당·왕유

不知香积寺，数里入云峰。
古木无人径，深山何处钟。
泉声咽危石，日色冷青松。
薄暮空潭曲，安禅制毒龙。

■ 한자의 뜻과 음

아닐 불 알 지 향기 향 쌓을 적 절 사   셈 수 마을 리 들 입 구름 운 봉우리 봉
不 知 香 积 寺, 数 里 入 云 峰 。

옛 고 나무 목 없을 무 사람 인 길 경   깊을 심 뫼 산 어찌 하 곳 처 쇠북 종
古 木 无 人 径, 深 山 何 处 钟 。

샘 천 소리 성 목멜 열 위태할 위 돌 석   날 일 빛 색 찰 냉 푸를 청 솔 송
泉 声 咽 危 石, 日 色 冷 青 松 。

엷을 박 저물 모 빌 공 못 담 굽을 곡   편안 안 참선 선 절제할 제 독 독 용 룡
薄 暮 空 潭 曲, 安 禅 制 毒 龙 。

내용 해석

향적사 길을 몰라 몇 리를 들어오니 구름에 덮인 봉우리에 이르네.

고목 아래 사람이 다니는 길은 없고, 깊은 산속 어디선가 종소리가 들린다.

샘물은 가파른 바위에서 가늘고 끊어질 듯 소리 내어 흐르고, 햇살은
푸른 소나무를 차갑게 비추네.

해질 무렵 빈 연못과 굽이진 길을 지나니, 마음은 고요하여 번뇌의 독
룡을 제어한다.

주요 어휘

香积寺(향적사) 현재 섬서성 장안현 소재 사찰.

咽(열) 목구멍 인. 삼킬 연. 목멜 열. 여기서는 소리의 상태를 나타내는
뜻으로 '목멜 열'로 해석하고, '흐느끼는 울음 소리', 또는 '가늘고 끊어질
듯 이어지는 소리'의 뜻으로 해석함.

薄暮(박모) 해질 무렵. 세속의 번뇌가 사라지는 때.

空潭(공담) 빈 연못. 청정한 마음.

曲(곡) 굽은 길. 내면의 깊은 골짜기.

安禅(안선) 마음을 고요히 하는 것.

毒龙(독룡) 욕망과 번뇌를 의미.

감상 도움

산사의 고요함을 표현한 시로, 향적사를 지나는 과정에서 시인은 세속
과 단절된 고요함을 체험하고 자연의 소리와 빛을 통하여 마침내 불교
적 깨달음의 경지에 이르고 있다.

九月九日忆山东兄弟
(구월구일억산동형제)

唐·王维
당·왕유

9월 9일에 산동의 형제를 생각하며

独在异乡为异客，
每逢佳节倍思亲。
遥知兄弟登高处，
遍插茱萸少一人。

■ 한자의 뜻과 음

홀로 독 있을 재 다를 이 시골 향 할 위 다를 이 손 객
独　在　异　乡　为　异　客，

매양 매 만날 봉 아름다울 가 마디 절 곱 배 생각 사 친할 친
每　逢　佳　节　倍　思　亲。

멀 요 알 지 맏 형 아우 제 오를 등 높을 고 곳 처
遥　知　兄　弟　登　高　处，

두루 편 꽂을 삽 수유 수 수유 유 작을 소 한 일 사람 인
遍　插　茱　萸　少　一　人。

■ 내용 해석

혼자 타향에서 나그네가 되어,

매번 명절을 맞이할 때마다 가족 생각이 더욱 간절하다.

형제들이 높은 곳에 오를 줄은 멀리서도 알고,

두루두루 산수유를 꽂지만 한 사람이 부족하겠구나.

■ 주요 어휘

九月九日(구월 구일) 음력 9월 9일은 중양절이라 함.

山東(산동) 화산(华山) 동쪽 지역을 지칭함.

遙知(요지) 멀리 있는 상대방을 헤아려 생각함. 생각이 멀리까지 간다.

茱萸(수유) 산수유를 말함. 고대 풍습에 따르면 중양절에 높은 장소에 올라 산수유를 머리 또는 몸에 꽂으면 액운을 쫓아낸다는 거제병사(祛除病邪)의 속설이 있음.

■ 감상 도움

뒤의 두 구절에서 형제들과 같이 함께 높은 곳에 같이 오르지 못하는 상황을 묘사하고, 자신만의 외로움을 표현하고 있다.

鹿柴(녹시)

사슴이 사는 숲

唐·王维

당·왕유

空山不见人,

但闻人语响。

返景入深林,

复照青苔上。

■ 한자의 뜻과 음

빌 공 뫼 산 아니 불 볼 견 사람 인
空 山 不 见 人 ,

다만 단 들을 문 사람 인 말씀 어 울릴 향
但 闻 人 语 响 。

돌이킬 반 경치 경 들 입 깊을 심 수풀 림
返 景 入 深 林 ,

회복할 복 비칠 조 푸를 청 이끼 태 위 상
复 照 青 苔 上 。

텅 빈 산에 사람은 볼 수 없고,
다만 사람들의 말소리가 울려 퍼지네.
노을의 광채가 숲속 깊이 드리워지고,
다시 푸른 이끼 위에서 빛나는구나.

鹿柴(녹시) 왕유의 망천(輞川) 별장이 있던 지명이라 함. 사슴이 서식하는
(고요한) 숲으로 번역함.
景(경) 그림자 영(影)과 같은 뜻으로 쓰임. 반경(返景)은 저물어 가는 노을
빛이 반사되는 것으로 해석함.

자연과 고요함을 표현한 시라고 할 것이다. 빈 산(空)과 그 속의 존재를
말하고, 자연 속의 조화로운 삶, 즉 명상적 세계를 표현하고 있다.

山中送別(산중송별)

산중에서 송별하다

唐·王维
당·왕유

山中相送罢,
日暮掩柴扉。
春草明年绿,
王孙归不归。

■ 한자의 뜻과 음

뫼 산 가운데 중 서로 상 보낼 송 마칠 파
山　中　相　送　罢，

날 일 저물 모 닫을 엄 섶 시 사립문짝 비
日　暮　掩　柴　扉　。

봄 춘 풀 초 밝을 명 해 년 초록 록
春　草　明　年　绿，

임금 왕 손자 손 돌아갈 귀 아니 불 돌아갈 귀
王　孙　归　不　归　。

산중에서 서로 작별을 하고,
날이 저물어 사립문을 닫는다.
봄풀은 내년에 다시 푸르를 것인데,
왕손은 돌아올 것인지 돌아오지 않을 것인지.

罷(파) 끝내다. 중지하다.
掩(엄) 덮다. 닫다.
柴扉(시비) 사립문. 柴(시)는 섶 시, 땔나무 시.
王孫(왕손) 귀족의 자손. 송별하는 친구를 지칭함.
歸不歸(귀불귀) 돌아올 것인가, 돌아오지 않을 것인가.

친구를 송별하고 사립문을 닫고 들어오면서 바로 내년에 친구가 다시
돌아오기를 간절히 바라는, 친구에 대한 깊은 우정을 알 수 있다. 마지
막 두 구(句)는 초사(楚辞·招隐士)를 인용한 것으로 알려져 있다.

相思(상사)

그리움

唐·王维

당·왕유

红豆生南国，
春来发几枝。
愿君多采撷，
此物最相思。

■ 한자의 뜻과 음

붉을 홍 콩 두 날 생 남녘 남 나라 국
红　豆　生　南　国，

봄 춘 올 래 필 발 몇 기 가지 지
春　来　发　几　枝。

바랄 원 임금 군 많을 다 캘 채 딸 힐
愿　君　多　采　撷，

이 차 물건 물 가장 최 서로 상 생각 사
此　物　最　相　思。

붉은 콩은 남쪽 지방에서 자라고,

봄이 오면 몇 줄기나 자라나올까.

그대여 부디 많이 따 주오.

이 물건이 그리움을 가장 잘 간직한 것이라오.

相思(상사) 그리움, 사모함.

红豆(홍두) 붉은 콩. 그리움 또는 사랑의 상징.

南国(남국) 남방 지역을 의미.

发(발) 싹이 트다.

愿(원) 바랄 원(願)의 간체자로 쓰임.

撷(힐) 따다. 캐다. 손으로 뽑다.

采撷(채힐) 따다. 수집하다.

그리움을 표현하는 시로 자주 인용된다. 홍두(红豆)는 고전 문학에서 그
리움이나 애틋한 사랑을 상징하는 열매이다.

送元二使安西(송원이사안서)

唐·王维
당·왕유

안서에 사신으로 가는 원씨 둘째 아들을 송별하며

渭城朝雨浥轻尘，

客舍青青柳色新。

劝君更尽一杯酒，

西出阳关无故人。

■ 한자의 뜻과 음

물이름 위 재 성 아침 조 비 우 젖을 읍 가벼울 경 티끌 진
渭　城　朝　雨　浥　轻　尘，

손 객 집 사 푸를 청 푸를 청 버들 류 빛 색 새 신
客　舍　青　青　柳　色　新。

권할 권 임금 군 다시 갱 다할 진 한 일 잔 배 술 주
劝　君　更　尽　一　杯　酒，

서녘 서 날 출 볕 양 관계할 관 없을 무 연고 고 사람 인
西　出　阳　关　无　故　人。

116

■ 내용 해석

위성에는 아침에 비가 와서 먼지를 적시고,

객사의 푸르른 버들은 새 빛을 머금는다.

그대에게 다시 술 한 잔을 권하니,

양관의 서쪽으로 가면 절친한 친구가 없기 때문이라네.

■ 주요 어휘

元二(원이) 원씨 둘째 아들.

使(사) 사신으로 가다. 사명을 띠고 가다.

安西(안서) 지금의 신장위구르자치구의 고차(库车) 부근.

渭城(위성) 진나라 시기의 함양(咸阳)에서 한나라 시대에 위성으로 변경됨. 지금의 시안시(西安市) 서북 지역.

阳关(양관) 깐수성(甘肃省) 둔황현(敦煌县) 서남 지역으로 옥문관의 남쪽에 있어 양관으로 칭함.

■ 감상 도움

시의 제목은 달리 위성곡(渭城曲)이라고도 한다. 술 한 잔 더 하라고 권하면서 절친한 친구와 다시는 못 볼지 모르는 이별을 한다. 3~4구는 현대에도 친구를 송별하는 자리에서 널리 인용되는 구절이다.

50

汉江临眺(한강임조)

한강을 높은 곳에서 조망함

唐·王维
당·왕유

楚塞三湘接， 荆门九派通。

江流天地外， 山色有无中。

郡邑浮前浦， 波澜动远空。

襄阳好风日， 留醉与山翁。

■ 한자의 뜻과 음

초나라 초 변방 새 석 삼 강이름 상 이을 접　　가시나무 형 문 문 아홉 구 갈래 파 통할 통
楚　塞三湘接，　荆　门九派通。

강 강 흐를 류 하늘 천 땅 지 바깥 외　　뫼 산 빛 색 있을 유 없을 무 가운데 중
江流天地外，　山色有无中。

땅이름 영 고을 읍 뜰 부 앞 전 물가 포　　물결 파 큰물결 란 움직일 동 멀 원 빌 공
郡　邑浮前浦，　波澜动远空。

도울 양 볕 양 좋을 호 바람 풍 날 일　　머무를 유 취할 취 더불 여 뫼 산 늙은이 옹
襄阳好风日，　留醉与山翁。

■ 내용 해석

초나라 국경은 삼상과 접하고, 형문으로는 아홉 갈래의 물길이 통한다.

강물은 세상 밖으로 흘러가고, 산색은 아득하여 있는 듯 없는 듯하다.

영읍이 포구 앞에 떠 있는 듯하고, 출렁이는 물결은 멀리 하늘을 움직인다.

양양에서 시원한 바람이 부는 좋은 날, 산옹과 더불어 취하고자 하노라.

■ 주요 어휘

汉江(한강) 한수를 말함.

临眺(임조) 높은 곳에서 바라봄.

楚塞(초새) 초나라의 변경.

三湘(삼상) 초나라의 강 이름으로 리상(漓湘), 증상(蒸湘) 및 소상(潇湘)을 아울러 삼상이라 함.

荆门(형문) 현재의 후베이성 형문시 남쪽 지역.

九派(구파) 한수의 아홉 줄기 지류.

郢邑(영읍) 당시 초나라의 수도.

襄阳(양양) 현재의 후베이성 북측 양번시 지역.

山翁(산옹) 진나라 시대의 사람 산간(山简)을 지칭함. 죽림칠현 산도(山涛)의 아들로서 한때 양양의 관리로 있으면서 술을 좋아하고 술을 마시면 늘 취했다고 전해짐.

■ 감상 도움

江流天地外 山色有无中 구절은 왕유의 시에서 나타난 대표적인 시화(诗画)일체의 구절로서 그림 같은 풍경을 시로 표현한 명문 구절로 알려져 있으며, 지금도 널리 인용되고 있다.

51

登鸛雀楼 (등관작루)

관작루에 오르다

唐·王之渙
당·왕지환

白日依山尽,
黄河入海流。
欲窮千里目,
更上一层楼。

■ 한자의 뜻과 음

흰 백 날 일 의지할 의 뫼 산 다할 진
白 日 依 山 尽,

누를 황 물 하 들 입 바다 해 흐를 류
黄 河 入 海 流。

하고자할 욕 다할 궁 일천 천 마을 리 눈 목
欲 窮 千 里 目,

다시 갱 위 상 한 일 층층대 층 다락 루
更 上 一 层 楼。

해는 산을 기대어 넘어가고,

황하는 바다로 흘러간다.

욕심을 부려 천 리 밖을 보려고,

누각의 한 층을 더 올라간다.

鸛雀楼(관작루) 현 산시성(山西省) 영제현 황하 강변의 누각.

白日(백일) 태양. 해.

欲窮(욕궁) ~에 이르고자 하다.

目(목) 보다.

更上(갱상) 다시 오르다.

적극적이고 진취적인 인생 철학이 담긴 시다. 시의 마지막 구절은 현대
에도 자주 인용되는 내용이며, 더 높은 곳에 올라 시야를 넓히고 새로
운 경지를 개척함을 강조하는 표현이라 할 것이다.

离思五首(其四) (이사오수, 제4수)

이별 후 그리움 다섯 수(제4수)

唐·元稹

당·원진

曾经沧海难为水,

除却巫山不是云。

取次花丛懒回顾,

半缘修道半缘君。

일찍 증 날 경 푸를 창 바다 해 어려울 난 할 위 물 수

曾　经　沧　海　难　为　水,

덜 제 물리칠 각 무당 무 뫼 산 아니 불 이 시 구름 운

除　却　巫　山　不　是　云。

가질 취 버금 차 꽃 화 떨기 총 게으를 라 돌아올 회 돌아볼 고

取　次　花　丛　懒　回　顾,

반 반 인연 연 닦을 수 길 도 반 반 인연 연 임금 군

半　缘　修　道　半　缘　君。

일찍이 넓고 푸른 바다를 보고 나면 다른 곳은 물로 여기기 어렵고,

무산의 구름을 제외하고는 구름으로 여길 수 없다.

온갖 꽃이 있어도 대수롭지 않게 여기고 관심이 없음은,

반의 연유는 수양을 위한 것이고 반은 그대 생각 때문이다.

曾经(증경) 일찍이.

沧海(창해) 넓고 깊은 푸른 바다.

除却(제각) ~을 제외하고는.

巫山(무산) 전설 속의 신비로운 산.

取次(취차) 대수롭지 않게. 아무렇게나.

花丛(화총) 꽃 무더기. 온갖 꽃.

懒回顾(라회고) 돌아보기를 게을리 하다. 관심이 없다.

君(군) 님, 그대.

연작시 다섯 수 가운데 제4수에 해당하는 시다. 첫 두 구(句)는 지금도 자주 인용되고 있고, 시는 창해의 바닷물과 무산의 구름에 비유되는 크고 깊은 부부간의 사랑과 부인(韋叢위총)에 대한 그리움을 표현한다.

53

滁州西涧(저주서간)
추저우 서쪽 냇가에서

唐·韦应物
당·위응물

独怜幽草涧边生，
上有黄鹂深树鸣。
春潮带雨晚来急，
野渡无人舟自横。

■ 한자의 뜻과 음

홀로 독 불쌍히여길 련 그윽할 유 풀 초 산골물 간 가변 날 생
独　　怜　　幽 草 涧 边 生，

위 상 있을 유 누를 황 꾀꼬리 리 깊을 심 나무 수 울 명
上 有 黄 鹂 深 树 鸣。

봄 춘 밀물 조 띠 대 비 우 늦을 만 올 래 급할 급
春 潮 带 雨 晚 来 急，

들 야 건널 도 없을 무 사람 인 배 주 스스로 자 가로 횡
野 渡 无 人 舟 自 横。

시냇가에서 자라나는 그윽한 풀,

위로 숲속의 꾀꼬리 울음에 애틋한 마음이다.

봄날 냇물은 비를 머금고 저녁이 되어 급히 밀려오는데,

들판의 나루터에 사람은 없고 빈 배만 홀로 떠 있네.

滁州(저주) 지금의 안후이성(安徽省) 저현(滁县).

西涧(서간) 서쪽의 내(하천, 강).

独怜(독련) 특별히 아끼다. 각별히 애틋하게 아끼다.

涧边(간변) 시냇가.

春潮(춘조) 봄철의 조수(밀물).

野渡(야도) 들판의 나루터로 해석함.

봄날 저녁 무렵 비 내리는 강가의 풍경을 묘사한 시다. 시인 스스로도
세상의 물결 속에서 흘러가지만 주인 없이 떠 있는 배처럼 세속과 유리
된 존재임을 은유적으로 묘사하고 있다.

54

淮上喜会梁州故人
(회상희회양주고인)

唐·韦应物
당·위응물

회수에서 양주 친구를 반갑게 만남

江汉曾为客，相逢每醉还。
浮云一别后，流水十年间。
欢笑情如旧，萧疏鬓已班。
何因不归去，淮上有秋山。

■ 한자의 뜻과 음

강 강 한수 한 일찍 증 할 위 손 객　서로 상 만날 봉 매양 매 취할 취 돌아올 환
江　汉　曾　为　客,　相　逢　每　醉　还 。

뜰 부 구름 운 한 일 나눌 별 뒤 후　흐를 류 물 수 열 십 해 년 사이 간
浮　云　一　别　后,　流　水　十　年　间 。

기쁠 환 웃을 소 뜻 정 같을 여 옛 구　맑은대쑥 소 드물 소 귀밑머리 빈 이미 이 얼룩 반
欢　笑　情　如　旧,　萧　疏　鬓　已　斑 。

어찌 하 인할 인 아니 불 돌아갈 귀 갈 거　물이름 회 위 상 있을 유 가을 추 메 산
何　因　不　归　去,　淮　上　有　秋　山 。

■ 내용 해석

한수 일대에서 일찍이 객지생활을 할 때, 서로 만나면 늘 술에 취하여

돌아왔는데,

뜬 구름과 같이 한번 헤어진 후, 세월은 흐르는 물과 같이 십년이 흘렀네.

기쁨 가득한 웃음에 우정은 예전과 같으나, 성글어진 귀밑머리에 벌써 흰머리가 섞여 있네.

내가 무슨 이유로 돌아가지 않는가 하니, 회수 강가에 가을 산이 있기 때문이다.

■ 주요 어휘

淮上(회상) 회수 강 유역에. 회수 강가에.

江汉(강한) 한수(汉水)를 말함. 장강의 최대 지류로 우한에서 합류됨.

浮云(부운) 뜬 구름.

萧疏(소소) 드문드문 한. 성긴.

鬓(빈) 귀밑머리, 살쩍.

鬓斑(빈반) 귀밑머리에 흰머리가 섞이다.

何因(하인) 무슨 원인으로.

■ 감상 도움

수련(首联)은 이전의 우정을 표현하고, 함련(颔联)에서는 서로 헤어진 후 십년이 지난 안타까움을 묘사하였으며, 경련(颈联)에서는 수련과 함련의 감정을 심화하여 만남의 기쁨을 확인하고 서로의 늙어감을 안타까워하고 있다. 미련(尾联)에서는 시인이 고향 또는 안식처로 복귀하지 않는 이유로, 회수 강가의 가을 산 때문에 돌아가지 않는 것으로 마무리하며 여운을 남기고 있다.

乌衣巷(오의항)

오의 골목

唐·刘禹锡
당·유우석

朱雀桥边野草花，
乌衣巷口夕阳斜。
旧时王谢堂前燕，
飞入寻常百姓家。

■ 한자의 뜻과 음

붉을 주 참새 작 다리 교 가변 들 야 풀 초 꽃 화
朱　雀　桥　边　野　草　花，

까마귀 오 옷 의 거리 항 입 구 저녁 석 볕 양 비낄 사
乌　衣　巷　口　夕　阳　斜。

옛 구 때 시 임금 왕 사례할 사 집 당 앞 전 제비 연
旧　时　王　谢　堂　前　燕，

날 비 들 입 찾을 심 항상 상 일백 백 성씨 성 집 가
飞　入　寻　常　百　姓　家。

주작교 다리 옆 들풀은 꽃을 피우고,
오의 골목 들머리에 저녁 노을이 지네.
이전에 왕씨나 사씨 저택 앞에서 날던 제비도,
주저없이 평범한 서민의 집으로 날아드네.

乌衣巷(오의항) 오의 골목. 지금의 난징시 친화이허(秦淮河) 남쪽 지역.

朱雀桥(주작교) 친화이허에 있는 다리로 오의 골목을 내왕하는 사람들이 거쳐가는 다리.

斜(사) 여기서는 노을(霞)의 뜻으로 해석함이 적절함. 석양사(夕阳斜)는 저녁 노을이 지는 것으로 권문세가의 몰락을 비유함.

王谢堂(왕세당) 동진(东晋)의 왕도(王导)와 세안(谢安) 양가를 지칭하며 당시 세력 있는 귀족 가문의 저택.

寻常(심상) 주저없이. 일상으로.

유우석의 금릉오제(金陵五题: 난징의 다섯 군데 유적지에 관한 시) 중의 한 수이다. 이 시는 자연 풍경의 묘사를 통하여 무금상고(抚今伤古: 현재를 살피고 과거를 회상하며 안타까워함)의 감정을 표현하고 있다.

竹枝词(죽지사)

쓰촨 지역 민요를 본떠 지은 시

唐·刘禹锡

당·유우석

杨柳青青江水平,

闻郎江上唱歌声。

东边日出西边雨,

道是无晴却有晴。

■ 한자의 뜻과 음

버들 양 버들 류 푸를 청 푸를 청 강 강 물 수 평평할 평
杨　柳　青　青　江　水　平 ,

들을 문 사내 랑 강 강 위 상 부를 창 노래 가 소리 성
闻　郎　江　上　唱　歌　声 。

동녘 동 가 변 날 일 날 출 서녘 서 가 변 비 우
东　边　日　出　西　边　雨 ,

길 도 이 시 없을 무 맑을 청 물리칠 각 있을 유 맑을 청
道　是　无　晴　却　有　晴 。

■ 내용 해석

늘어진 버드나무 짙푸르고 강물은 잔잔한데,

강 위에서 노래 부르는 님의 소리를 듣는다.

동쪽에서 해가 뜨고 서쪽에는 비가 내리네,

사랑하지 않는다고 말하지만 속으로는 사랑하고 있다네.

■ 주요 어휘

青青(청청) 짙푸른. 파릇파릇한. 싱싱하고 무성한.

道是(도시) ~라고 말하다. 말하는 바 ~이다.

晴(청) 글자 그대로는 '맑다'는 뜻이지만, 이 시에서는 청(晴)과 정(情)의 이중적 의미를 갖고 있다. 즉, 중국어의 해음관계(谐音双关: 동음현상을 말함)를 활용하고 있다.

■ 감상 도움

민간의 노래 형식을 빌어 변덕스러운 님의 마음과 사랑에 빠진 여인의 심정을 그려내고 있는 연정시(戀情詩)다.

江雪(강설)

눈 내리는 강

唐·柳宗元
당·유종원

千山鸟飞绝，
万径人踪灭。
孤舟蓑笠翁，
独钓寒江雪。

■ 한자의 뜻과 음

일천 천 뫼 산 새 조 날 비 끊을 절
千　山鸟飞绝，

일만 만 지름길 경 사람 인 자취 종 멸할 멸
万　　径　人　踪　灭。

외로울 고 배 주 도롱이 사 갓 립 늙은이 옹
孤　　舟　蓑　笠　翁，

홀로 독 낚시 조 찰 한 물 강 눈 설
独　　钓　寒　江　雪。

온 산에 새 한 마리 날지 않고,

모든 길에는 사람의 종적이 사라졌네.

외로운 배에는 도롱이에 삿갓을 쓴 늙은이,

눈 내리는 추운 강에서 홀로 낚시를 하네.

鸟飞绝(조비절) '나는 새는 한 마리도 볼 수 없음'을 표현하고 있다.

灭(멸) 절(绝)과 동일. 절멸. 세상의 적막함을 묘사.

蓑笠翁(사립옹) 도롱이에 삿갓을 쓴 늙은이.

寒江雪(한강설) 눈 내리는 추운 강.

눈 내리는 추운 강에서 홀로 낚시하는 늙은이의 천만고독(千万孤独)을 표현하고 있지만, 이 시는 고기잡이 늙은이의 고결한 성품과 고독을 묘사함과 동시에 시인 자신의 모습을 그리고 있다.

58

渔翁(어옹)

늙은 어부

唐·柳宗元
당·유종원

渔翁夜傍西岩宿，

晓汲清湘燃楚竹。

烟销日出不见人，

欸乃一声山水绿。

回看天际下中流，

岩上无心云相逐。

■ 한자의 뜻과 음

고기잡을 어 늙은이 옹 밤 야 곁 방 서녘 서 바위 암 잘 숙
渔 翁 夜 傍 西 岩 宿，

새벽 효 길을 급 맑을 청 강이름 상 불탈 연 초나라 초 대 죽
晓 汲 清 湘 燃 楚 竹。

연기 연 쇠녹일 소 날 일 날 출 아니 불 볼 견 사람 인
烟 销 日 出 不 见 人，

한숨쉴 애 노젓는소리 애 한 일 소리 성 뫼 산 물 수 푸를 록
欸 乃 一 声 山 水 绿。

돌아올 회 볼 간 하늘 천 끝 제 아래 하 가운데 중 흐를 류
回 看 天 际 下 中 流，

바위 암 위 상 없을 무 마음 심 구름 운 서로 상 쫓을 축
岩　上　无　心　云　相　逐。

■ 내용 해석

늙은 어부가 밤에는 서쪽 바위 옆에서 자고,

새벽에는 맑은 상강의 물을 길어 초나라 대를 태운다.

안개가 사라지고 해가 뜨면 어부는 보이지 않고,

노 젓는 소리에 산과 물은 푸르다.

돌아보니 (어부는) 하늘 끝으로 이어진 강물 가운데로 내려가고,

바위 위의 무심한 구름이 서로 쫓아서 흘러간다.

■ 주요 어휘

渔翁(어옹) 늙은 어부.

湘(상) 상강(湘江)을 지칭함.

燃楚竹(연초죽) 초나라 대를 태운다. 소박한 생활의 표현.

人(인) 어부를 말함.

欸乃(애내) 노 젓는 소리. 죽은 자의 영혼을 저승으로 데리고 갈 때 배를
모는 뱃사공이 내는 소리.

■ 감상 도움

자연 속 늙은 어부의 한가로운 생활과 여유로운 정신세계를 표현한 것
으로, 시인의 유배 생활과 초연함이 숨어 있는 시다.

59

望庐山瀑布(망여산폭포)

여산 폭포를 바라보다

唐·李白
당·이백

日照香炉生紫烟，
遥看瀑布挂前川。
飞流直下三千尺，
疑是银河落九天。

■ 한자의 뜻과 음

날일 비칠조 향기향 화로로 날생 자줏빛자 연기연
日 照 香 炉 生 紫 烟，

멀요 볼간 폭포폭 베포 걸괘 앞전 내천
遥 看 瀑 布 挂 前 川。

날비 흐를류 곧을직 아래하 석삼 일천천 자척
飞 流 直 下 三 千 尺，

의심할의 이시 은은 물하 떨어질락 아홉구 하늘천
疑 是 银 河 落 九 天。

■ 내용 해석

해가 떠오르니 향로봉에 자줏빛 안개가 피어오르고,

멀리서 바라보니 폭포가 앞쪽의 강물에 걸려 있다.

날아가듯 흐르며 곧게 쏟아지는 것이 삼천 척이라,

은하수가 구천(천상)에서 쏟아지는 줄 의심하였네.

■ 주요 어휘

庐山(여산) 장시성(江西省) 소재의 산.

香炉(향로) 여산의 향로봉.

挂前川(괘전천) 앞쪽의 강물에 걸려 있다.

三千尺(삼천척) 약 900미터. 폭포의 높이를 과장하여 표현함.

疑是(의시) ~인 듯하다. ~인줄 의심하다.

银河(은하) 은하수.

九天(구천) 하늘의 가장 높은 곳. 천상.

■ 감상 도움

이 시는 독창적인 과장과 이미지, 강렬한 색채의 대비를 통하여 여산 폭포의 장엄함과 아름다움을 그려내고 있다.

60

山中问答_(산중문답)

산에서 묻고 답하다

唐·李白
당·이백

问余何事棲碧山，

笑而不答心自闲。

桃花流水杳然去，

别有天地非人间。

■ 한자의 뜻과 음

물을 문　나 여　어찌 하　일 사　살 서　푸를 벽　뫼 산
问　余　何　事　棲　碧　山，

웃을 소　말이을 이　아니 불　대답 답　마음 심　스스로 자　한가할 한
笑　而　不　答　心　自　闲。

복숭아 도　꽃 화　흐를 류　물 수　아득할 묘　그럴 연　갈 거
桃　花　流　水　杳　然　去，

다를 별　있을 유　하늘 천　땅 지　아닐 비　사람 인　사이 간
别　有　天　地　非　人　间。

나에게 무슨 일로 벽산에서 사느냐고 물으면,

웃고 답하지 아니하나 마음이 스스로 한가롭다.

복숭아꽃은 흐르는 물을 따라 아득히 흘러가니,

인간 세상이 아닌 별천지가 따로 있구나.

■ 주요 어휘

余(여) 나. 이 시에서는 이백 자신.

何事(하사) 무슨 일로.

棲(서) 살다. 서식하다.

碧山(벽산) 허베이성(河北省)에 소재하는 산 이름. 또는 푸른 산.

而(이) 그리고 또는 그러나. 접속사로 쓰임.

杳然(묘연) 아득하다. 희미하다. 어둡다.

非人間(비인간) 인간 세상이 아닌.

■ 감상 도움

다른 사람이 물었는지 자신 스스로 질문을 던지고 답하는 시인지 알 수 없으나, 벽산에 묻혀 사는 것은 마음이 스스로 한가해지는 곳이고 무릉 도원과 같은 이상적 세상이기 때문이라 하고 있다.

61

月下独酌(월하독작)

달 아래 홀로 술을 마시다

唐·李白
당·이백

花间一壶酒，独酌无相亲。

举杯邀明月，对影成三人。

月既不解饮，影徒随我身。

暂伴月将影，行乐须及春。

我歌月徘回，我舞影零乱。

醒时同交欢，醉后各分散。

永结无情遊，相期邈云漢。

■ 한자의 뜻과 음

꽃 화 사이 간 한 일 병 호 술 주　　홀로 독 술부을 작 없을 무 서로 상 친할 친
花　间　一　壶　酒，　独　酌　无　相　亲。

들 거 잔 배 맞이할 요 밝을 명 달 월　　대답할 대 그림자 영 이룰 성 석 삼 사람 인
举　杯　邀　明　月，　对　影　成　三　人。

달 월 이미 기 아니 불 풀 해 마실 음　　그림자 영 무리 도 따를 수 나 아 몸 신
月　既　不　解　饮，　影　徒　随　我　身。

잠깐 잠 짝 반 달 월 더불어 장 그림자 영　　행할 행 즐길 락 모름지기 수 미칠 급 봄 춘
暂　伴　月　将　影，　行　乐　须　及　春。

나아 노래가 달월 어정거릴배 돌아올회　나아 춤출무 그림자영 떨어질령
我 歌 月 徘 回 ， 我 舞 影 零

어지러울 란
乱 　 。

술깰성 때시 한가지동 사귈교 기쁠환　취할취 뒤후 각각각 나눌분 흩어질산
醒 时 同 交 欢 ， 醉 后 各 分 散 。

길영 맺을결 없을무 뜻정 놀유　서로상 기약기 멀막 구름운 한나라한
永 结 无 情 遊 ， 相 期 邈 云 漢 。

■ 내용 해석

꽃 사이에 한 통의 술을 두고, 친한 사람 없이 홀로 술을 마신다.

술잔을 들어 밝은 달을 맞이하고, 그림자를 대하니 세 사람이 되었다.

달은 기왕에 술을 알지 못하고, 그림자는 헛되이 내 몸을 따라다닌다.

잠시 달을 벗삼고 그림자와 더불어 노닐고, 이러한 행락은 모름지기 봄에 한다.

내가 노래하면 달은 배회하고, 내가 춤추면 그림자는 어지러이 움직인다.

깨어 있을 때는 기쁨을 함께 나누고, 술 취한 뒤에는 각자가 흩어진다.

세속적 정에 얽매이지 않는 영원한 교류를 맺어, 아득히 먼 은하에서 만날 것을 서로 기약한다.

■ 주요 어휘

相亲(상친) 서로 친하게 지내다. 서로 친하게 지내는 친구.

不解(불해) 이해하지 못하다. 解(해) '~할 수 있다'는 가능의 뜻, 또는 '이해하다', '알다'의 뜻으로 해석할 수 있다.

徒(도) 헛되이. 헛된.

将(장) ~와 같이. ~와 함께. 伴月将影(반월장영) 달을 벗삼고 그림자와 더

불어.

零乱(영란) 문란하다. 어지럽다.

交欢(교환) 기쁨을 나누다. 즐거움을 나누다.

无情遊(무정유) 정에 얽매이지 않는 교류. 이백과 달과 그림자의 세속적 정에 얽매이지 않는 교류.

相期(상기) 서로 기약하다. 서로 약조하다.

邈(막) 아득하다. 먼.

云漢(운한) 은하.

■ 감상 도움

월하독작 전체 4수 가운데 제1수이다. 달을 맞이하여 술을 마시는 것을 소재로 하지만, 내심의 깊은 고독감을 함축적으로 표현하고 있다.

将进酒(장진주)

술을 권하노라 (부분 내용)

唐·李白
당·이백

君不见，黄河之水天上来，

奔流到海不复回。

君不见，高堂明镜悲白髪，

朝如青丝暮成雪。

人生得意须尽欢，莫使金樽空对月。

天生我才必有用，千金散尽还复来。

(이하 생략)

■ 한자의 뜻과 음

임금 군 아니 불 볼 견　　누를 황 물 하 갈 지 물 수 하늘 천 위 상 올 래
君　不见，黄河之水天上来，

달릴 분 흐를 류 이를 도 바다 해 아니 불 회복할 복 돌아올 회
奔　流到海不复回。

임금 군 아니 불 볼 견　　높을 고 집 당 밝을 명 거울 경 슬플 비 흰 백 터럭 발
君　不见，高堂明镜悲白髪，

아침 조 같을 여 푸를 청 실 사 저물 모 이룰 성 눈 설
朝　如青丝暮成雪。

사람 인 날 생 얻을 득 뜻 의 모름지기 수 다할 진 기쁠 환　말 막 하여금 사 쇠 금 술통 준
人　生　得　意　须　尽　欢，莫　使　金　樽

빌 공 대할 대 달 월
空　对　月。

하늘 천 날 생 나 아 재주 재 반드시 필 있을 유 쓸 용　일천 천 쇠 금 흩을 산 다할 진
天　生　我　才　必　有　用，千　金　散　尽

돌아올 환 회복할 복 올 래
还　　复　来。

황하의 물이 하늘에서 내려와

급히 바다로 흘러 다시 돌아오지 못함을, 그대는 모르는가?

높은 집 거울에 비친 백발에 슬퍼하고,

아침의 검은 머리가 저녁에 눈처럼 희게 변한 것을, 그대는 보지 못하는가?

인생이 뜻대로 될 때에는 마음껏 즐겨야 하고, 금 술잔을 비운 채 달을 마주하지 말라.

하늘이 나에게 재능을 주었으니 반드시 쓸모가 있을 것이고, 천금은 다 써도 다시 채워질 것이다.

君不见(군불견) 그대는 보지 못하는가. 그대는 모르는가?

奔流(분류) 급히 흐르다.

青丝(청사) 검은 머리를 지칭함.

雪(설) 흰 머리. 백발을 지칭함.

得意(득의) 뜻을 이루다. 마음먹은 대로 되다.

尽欢(진환) 마음껏 즐기다.

莫使(막사) ~하게 하지 마라. ~하게 해서는 안된다.

散尽(산진) 다 흩다. 다 써버리다.

■ 감상 도움

이백의 자유로운 인생관을 잘 드러내고 있는 시로서, 낭만적 자기 확신과 세속적 향락을 긍정하고 있다. 한번 흘러간 시간(기회)은 다시 되돌릴 수 없음을 경고하고, 인생의 덧없음과 즐김의 철학을 담고 있다. '공대월', 즉 빈 잔으로 달을 대한다는 것은 기회를 놓치는 것을 비유하고, '천생아재필유용'은 반드시 쓸모 있는 인생이라는 자신감을 드러내고 있다. 천금은 다 소비해도 다시 생긴다는 과장된 표현이 있으나 물질에 대한 낙관적 관점을 표현하고 있다. 장진주의 원문 마지막 구절에는

더불 여 너 이 한가지 동 쇠녹일 소 일만 만 옛 고 근심 수
与 爾 同 销 万 古 愁라는 구절이 있는데, 매우 유명한 구절이다. '너와 더불어 만고의 근심을 제거하리라.' 즉, 술로써 세상의 모든 근심을 잊고자 하는 생각을 표현하였다.

静夜思(정야사)

고요한 밤에 생각하다

唐·李白
당·이백

床前明月光,

疑是地上霜。

举头望明月,

低头思故乡。

■ 한자의 뜻과 음

평상 상 앞 전 밝을 명 달 월 빛 광
床　前　明　月　光,

의심할 의 이 시 땅 지 위 상 서리 상
疑　　是　地　上　霜。

들 거 머리 두 바랄 망 밝을 명 달 월
举　头　望　明　月,

낮을 저 머리 두 생각 사 연고 고 고을 향
低　头　思　故　乡。

침상 앞으로 밝은 달빛이 비치어,
땅 위의 서리인지 의심하였네.
머리를 들어 밝은 달을 바라보고,
고향 생각에 고개를 숙인다.

疑是(의시) ~이라고 의심하다. ~인 듯 하다.
低头思故乡(저두사고향) 머리를 숙이고 고향을 생각한다. 고향을 생각하
니 고개가 숙여진다.

가을 밤에 밝은 달을 보면서 고향을 그리워하는 시인의 애절한 마음을
표현하는 시다.

早发白帝城(조발백제성)

일찍 백제성을 출발하여

唐·李白
당·이백

朝辞白帝彩云间,

千里江陵一日还。

两岸猿声啼不住,

轻舟已过万重山。

■ 한자의 뜻과 음

아침 조 말씀 사 흰 백 임금 제 채색 채 구름 운 사이 간
朝　辞　白　帝　彩　云　间，

일천 천 마을 리 강 강 언덕 릉 한 일 날 일 돌아올 환
千　里　江　陵　一　日　还　。

두 량 언덕 안 원숭이 원 소리 성 울 제 아니 불 살 주
两　岸　猿　声　啼　不　住，

가벼울 경 배 주 이미 이 지날 과 일만 만 무거울 중 뫼 산
轻　舟　已　过　万　重　山。

■ 내용 해석

아침에 무지개 구름 속 백제성을 떠나,

천리 길 강릉을 하루에 돌아오네.

강 양쪽 언덕에는 원숭이 울음소리 그치지 아니하고,

작은 배는 벌써 겹겹이 쌓인 산을 지나왔네.

■ 주요 어휘

白帝城(백제성) 지금의 쓰촨성(四川省) 봉절현 동쪽 백제산 위의 마을을 말함.

朝辞(조사) 아침에 이별하다. 아침에 떠나다.

江陵(강릉) 지금의 후베이성(湖北省) 강릉현. 백제성과의 거리는 약 1,200 리로 도중에 장강 삼협을 거쳐야 함.

啼不住(제불주) 울음을 참을 수 없다. 울음을 주체할 수 없다.

轻舟(경주) 가벼운 배. 작은 배. 시인의 마음이 가볍다는 의미로 해석 가능.

万重山(만중산) 겹겹이 쌓인 산.

■ 감상 도움

이백이 이린(李璘)의 난에 연루되어 야랑지역(지금의 꾸이저우성 남부)으로 유배되었는데, 쓰촨성을 경유하여 유배지로 가던 중 백제성에 이르러 사면 소식을 듣고, 천리길 강릉으로 돌아온 기쁨을 표현하고 있다. 시에서 자유를 향한 상서로운 출발, 기쁨과 해방의 감정, 장강 협곡의 풍경과 유배의 잔상, 억압에서 벗어난 환희와 해방감을 압축적으로 표현하고 있다.

65

秋浦歌(其十五)

추포의 노래(제15수)

唐·李白

당·이백

白发三千丈，

缘愁似个长。

不知明镜里，

何处得秋霜。

흰 백 필 발 석 삼 일천 천 어른 장
白 发 三 千 丈，

인연 연 근심 수 같을 사 낱 개 길 장
缘 愁 似 个 长。

아니 불 알 지 밝을 명 거울 경 마을 리
不 知 明 镜 里，

어찌 하 곳 처 얻을 득 가을 추 서리 상
何 处 得 秋 霜。

백발이 삼천 장이나 길었는데,

그 연유는 근심이 이렇게 길어난 듯하다.

맑은 거울 속에서도 알 수 없고,

어디에서 가을 서리를 맞은 것일까?

秋浦(추포) 지명. 지금의 안후이성(安徽省) 귀지현으로 알려짐.

丈(장) 길이의 단위로 쓰임. 한 장(丈)은 한 자(尺)의 열 배로 약 3미터에 해당함.

緣(연) 연유, 이유, ~때문.

个(개) 이렇게(这样)의 뜻으로 쓰임.

秋霜(추상) 가을 서리. 앞의 백발에 비유함.

추포가는 모두 17수로 되어 있으나 여기서는 제15수를 해석한 것이다.

세월의 무상함, 삶의 근심 및 노년의 슬픔을 표현한 시다.

66

行路难_(행로난)

인생길의 어려움 (3편의 연작시 가운데 제1수)

唐·李白
당·이백

金樽清酒斗十千，玉盤珍羞值万钱。

停杯投箸不能食，拨剑四顾心茫然。

欲渡黄河氷塞川，将登太行雪满山。

閑来垂钓碧溪上，忽复乘舟梦日邊。

行路难 行路难，多岐路 今安在。

长风破浪会有时，直挂云帆济沧海。

■ 한자의 뜻과 음

쇠금 술통준 맑을청 술주 말두 열십 일천천　　구슬옥 소반반 보배진 바칠수
金　樽　清　酒　斗　十　千，　玉　盤　珍　羞

가치 치 일만 만 돈 전
值　万　钱。

머무를정 잔배 던질투 젓가락저 아니불 능할능 밥식　　뽑을발 칼검 넉사
停　杯　投　箸　不　能　食，　拨　剑　四

돌아볼 고 마음심 망망할 망 그럴 연
顾　心　茫　然。

하고자할욕 건널도 누를황 물하 얼음빙 막을색 내천　　장차 장 오를등 클태
欲　渡　黄　河　氷　塞　川，　将　登　太

行雪滿山。

閑来垂钓碧溪上, 忽复乘舟

梦日邊。

行路难行路难, 多岐路今

安在。

长风破浪会有时, 直挂云帆

济沧海。

금 술잔의 맑은 술은 한 말에 만 냥이고, 옥쟁반의 진귀한 음식은 만 전의 가치인데,

술잔을 놓고 수저를 들어도 먹을 수 없고, 칼을 뽑아 사방을 둘러보아도 마음은 막막하네.

황하를 건너고자 하나 얼음이 강을 막고, 태항산에 오르고자 하나 눈이 산에 가득하다.

한가로이 벽계수에 낚시를 드리울까? 홀연히 다시 배를 타고 해 뜨는 곳으로 가는 꿈을 꿀까?

인생길이 고달프네 인생길이 고달프네. 여러 갈래 길 가운데 지금 어디에 있는가?

세찬 바람을 타고 파도를 가를 때가 있을 것이니, 구름 같은 돛을 곧게

걸고 푸른 바다를 건너가리.

珍羞(진수) 진수성찬 또는 진귀한 음식.

投箸(투저) 젓가락을 들어도. 여기서 투(投)는 (무기나 수단을) 사용하다의 뜻으로 해석함.

四顾(사고) 사방을 둘러보다.

茫然(망연) 먹먹하다. 막막하다.

太行(태항) 태항산.

垂钓碧溪(수조벽계) 벽계수에 낚시를 드리우다. 여상(吕尚)이 주문왕(周文王)을 만나기 전에 미리 위수(渭水)의 반계에서 낚시를 드리우고 있었던 전설에서 유래한 말.

梦日邊(몽일변) 해가 뜨는 곳으로 가는 꿈을 꾸다. 군주의 곁으로 가는 꿈을 꾸다. 왕기(王琦) 주석의 송서(宋书)에서 "배를 타고 일월(왕)의 곁으로 가는 꿈을 꾼다"는 표현에서 유래.

安在(안재) 어디에 있는가? 안(安)은 어느, 어찌, 무엇의 뜻으로 쓰임.

长风破浪(장풍파랑) 세찬 바람을 타고 파도를 가르다. 진서(晋书)에서 종각(宗悫)과 그의 숙부 간의 고사에서 나오는 말.

济沧海(제창해) 창해를 건너다. 제(济)는 건널 도(渡)의 뜻.

마지막 구절은 중국이 외국과의 교류에서 자주 인용하는 문장이다. 즉, 양국이 서로 협력의 바람을 타고 역경을 이겨 내면서 지속적인 우호증진을 해 나가자는 뜻으로 외교가에서 자주 인용되는 문구이다.

黄鹤楼送孟浩然之广陵
(황학루송맹호연지광릉)
황학루에서 광릉으로 가는 맹호연을 보내며

唐·李白
당·이백

故人西辞黄鹤楼，

烟花三月下杨州。

孤帆远影碧空尽，

惟见长江天际流。

■ 한자의 뜻과 음

연고 고　사람 인　서녘 서　말씀 사　누를 황　학 학　다락 루
故　　人　　西　　辞　　黄　　鹤　　楼，

연기 연　꽃 화　석 삼　달 월　아래 하　버들 양　고을 주
烟　　花　三　月　　下　　杨　　州。

외로울 고　돛 범　멀 원　그림자 영　푸를 벽　빌 공　다할 진
孤　　帆　远　影　　碧　　空　　尽，

생각할 유　볼 견　길 장　강 강　하늘 천　끝 제　흐를 류
惟　　见　长　江　天　　际　　流。

친구와 서쪽 황학루에서 작별을 하는데,

온갖 꽃이 만발하는 삼월 양주로 내려가네.

외로운 돛단배의 먼 그림자는 푸른 하늘로 사라지고,

오직 하늘 끝으로 흐르는 장강을 바라보네.

黃鹤楼(황학루) 현재 후베이성(湖北省) 우한시(武汉市)에 소재하는 누각.

广陵(광릉) 장쑤성(江苏省) 양주시의 옛 지명.

故人(고인) 친구.

西辞(서사) 황학루는 광릉의 서쪽 방향에 있기 때문에 서쪽으로 표현한 것으로 봄이 상당함. 사(辞)는 작별의 의미로 쓰임.

烟花(연화) 불꽃, 꽃불, 봄날의 아름다운 경치의 의미로 쓰임.

惟见(유견) '오직 ~을 바라본다'의 뜻.

天际(천제) 하늘 끝, 하늘의 가장자리를 의미함.

중국의 고전 송별시 가운데 가장 완성도가 높은 작품 중의 하나로 알려진다. 이백이 친구 맹호연을 전송하며 지은 시이며, 우정과 이별의 아쉬움, 강과 하늘이 어우러진 장엄한 풍경을 묘사하고 있다.

乐游原(낙유원)
고원 나들이

唐·李商隐
당·이상은

向晚意不适，
躯车登古原。
夕阳无限好，
只是近黄昏。

■ 한자의 뜻과 음

향할 향　늦을 만　뜻 의　아니 불　맞을 적
向　晚　意　不　适，

몰 구　수레 거　오를 등　옛 고　언덕 원
躯　车　登　古　原。

저녁 석　볕 양　없을 무　한할 한　좋을 호
夕　阳　无　限　好，

다만 지　이 시　가까울 근　누를 황　어두울 혼
只　是　近　黄　昏。

해가 질 무렵 마음이 편치 못하여,
수레를 몰고 오랜 언덕(낙유원)에 오른다.
석양이 한없이 아름답지만,
황혼에 가깝기 때문일 뿐이다.

乐游原(낙유원) 시안(西安) 동남쪽의 작은 산. 산을 오르면 시안 전경을
볼 수 있음.
向晚(향만) 저녁이 될 무렵. 해가 질 무렵.
躯车(구거) 수레를 몰다. 마차를 몰다.
登古原(등고원) 오랜 언덕에 오르다. 낙유원에 오르다.

인생무상을 은유적으로 표현한 시로서, 권력과 영광의 필연적인 쇠망
을 암시한다.

夜雨寄北(야우기북)

비 오는 밤에 북쪽으로 부치는 시

唐·李商隐
당·이상은

君问归期未有期，
巴山夜雨涨秋池。
何当共剪西窗烛，
却话巴山夜雨时。

■ 한자의 뜻과 음

임금 군　물을 문　돌아갈 귀　기약할 기　아닐 미　있을 유　기약할 기
君　问　归　期　未　有　期，

땅이름 파　뫼 산　밤 야　비 우　넘칠 장　가을 추　못 지
巴　　山　夜　雨　涨　秋　池。

어찌 하　마땅 당　함께 공　가위 전　서녘 서　창문 창　촛불 촉
何　当　共　剪　西　窗　烛，

물리칠 각　말씀 화　땅이름 파　뫼 산　밤 야　비 우　때 시
却　　话　巴　山　夜　雨　时。

■ 내용 해석

그대가 나에게 돌아올 때를 물었지만 아직 기약이 없고,
파산에는 밤에 비가 내려 가을 못의 물이 불었네.
어느 때에 둘이 함께 서쪽 창가의 촛불 심지를 자르며,
파산의 비 오는 밤을 다시 이야기할 수 있을까?

■ 주요 어휘

寄北(기북) 북쪽으로 부치다.
巴山(파산) 쓰촨성 동부 충칭 부근의 산지를 말함.
何当(하당) 어느 때에 ~할 수 있을까. 언제~할 수 있을까.
烛(촉) 여기서는 '촛불의 심지'로 해석함이 적절함.
却话(각화) 소급하여 다시 이야기하다. 그때 가서 다시 이야기하다.

■ 감상 도움

당시 쓰촨(四川)에 있던 시인이 북방에 있는 아내와의 이별과 그리움에
대한 정서를 표현한 시다.

70

锄禾(서화)

나락의 김을 매다

唐·李绅
당·이신

锄禾日当午,
汗滴禾下土。
谁知盘中餐,
粒粒皆辛苦。

■ 한자의 뜻과 음

호미 서 벼 화 날 일 마땅 당 낮 오
锄　禾　日　当　午,

땀 한 물방울 적 벼 화 아래 하 흙 토
汗　滴　禾　下　土。

누구 수 알 지 소반 반 가운데 중 밥 찬
谁　知　盘　中　餐,

쌀알 립 쌀알 립 다 개 매울 신 쓸 고
粒　粒　皆　辛　苦。

한낮에 나락 김매기를 하니,
땀방울이 나락 아래 흙으로 스며든다.
누가 알리오. 밥상 위의 밥,
알알이 모두 힘든 노동의 결실인 것을.

鋤禾(서화) 벼(나락)의 김을 매다. 곡식의 김을 매다.
当(당) 마주하다. 이르다. 일당오(日当午)는 정오를 말함.
盘(반) 소반. 작은 밥상. 쟁반. 대야.
皆(개) 모두. 함께. 두루 미치다.
辛苦(신고) 고생하다. 수고하다. 고생스럽다. 고되다.

농민들은 농사를 위하여 한파와 혹서, 비바람과 눈서리를 무릅쓰고 고된 노동의 시간을 보낸다. 이 시는 농부의 힘든 노동으로 이룬 결실을 소중히 하고 감사해야 함을 알리고 있다.

71

长相思 (장상사)

기나긴 그리움

唐·李煜

당·이욱

一重山，两重山，

山远天高烟水寒。

相思枫叶丹。

菊花开，菊花残。

塞雁高飞人未还，

一帘风月闲。

■ **한자의 뜻과 음**

한 일 무거울 중 뫼 산　　두 량 무거울 중 뫼 산

一　重　山，两　重　山，

뫼 산 멀 원 하늘 천 높을 고 연기 연 물 수 찰 한

山　远　天　高　烟　水　寒。

서로 상 생각 사 단풍나무 풍 잎사귀 엽 붉을 단

相　思　枫　叶　丹。

국화 국 꽃 화 열 개　　국화 국 꽃 화 남을 잔

菊　花　开，菊　花　残。

변방 새 기러기 안 높을 고 날 비 사람 인 아닐 미 돌아올 환

塞　雁　高　飞　人　未　还，

한 일 발 렴 바람 풍 달 월 한가할 한
一 帘 风 月 闲 。

■ 내용 해석

겹겹이 산이 있고, 또 겹겹이 산이 있네,

산은 멀고 하늘은 높으며 구름과 물이 차갑구나.

그리움이 단풍처럼 붉게 물들었네.

국화는 피었다가 시들어져 남아 있다.

변방의 기러기는 높이 날아가지만 그리운 사람은 돌아오지 않고,

창밖에는 바람과 달이 한가롭구나.

■ 주요 어휘

重(중) 중복하다. 겹치다. 겹겹이. 첩첩이.

烟(연) 연기. 연기처럼 생긴 것. 구름으로 해석함.

塞雁(새안) 변방의 기러기. 기러기는 소식을 전하는 새.

帘(렴) 발(햇빛 등을 가리는 물건), 주렴. 여기서는 창으로 해석함.

■ 감상 도움

이별의 슬픔과 기나긴 기다림의 고통을 표현하고 있다.

72

照镜见白髪(조경견백발)

거울에 비친 백발을 보다

唐·张九龄
당·장구령

宿昔青云志,

蹉跎白髮年。

谁知明镜裏,

形影自相憐。

■ 한자의 뜻과 음

잘 숙 옛 석 푸를 청 구름 운 뜻 지
宿　昔　青　云　志,

미끄러질 차 시기잃을 타 흰 백 터럭 발 해 년
蹉　　　跎　白　髮　年。

누구 수 알 지 밝을 명 거울 경 속 리
谁　知　明　镜　裏,

형상 형 그림자 영 스스로 자 서로 상 불쌍히여길 련
形　影　自　相　憐　。

■ 내용 해석

옛적에는 청운의 꿈을 품었는데,

세월을 헛되이 보내고 백발이 되었네.

맑은 거울 속에서,

형체와 그림자가 서로 가엾이 여김을 누가 알겠는가?

■ 주요 어휘

宿昔(숙석) 옛날. 옛적에.

青云志(청운지) 청운의 뜻. 청운의 꿈. 출세를 하고자 하는 의지.

蹉跎(차타) 세월을 헛되이 보내다. 시간을 놓치다.

谁知(수지) 누가 아는가?

形影(형영) 거울 앞의 형체와 그림자.

自相(자상) 자기들 사이에 서로. 자기 편끼리 서로.

■ 감상 도움

명리에 집착하는 것이 부질없음을 늙어서 알았지만 몸과 마음은 상할 대로 상했다. 무엇을 위해 이리 바쁘게 살았는가?

桃花溪(도화계)

도화원 가는 계곡

唐·张旭
당·장욱

隐隐飞桥隔野烟,

石矶西畔问渔船。

桃花尽日随流水,

洞在清溪何处边。

■ 한자의 뜻과 음

숨을 은 숨을 은 날 비 다리 교 사이뜰 격 들 야 연기 연
隐　隐　飞　桥　隔　野　烟,

돌 석 물속자갈 기 서녘 서 물가 반 물을 문 고기 어 배 선
石　矶　西　畔　问　渔　船。

복숭아 도 꽃 화 다할 진 날 일 따를 수 흐를 류 물 수
桃　花　尽　日　随　流　水,

골 동 있을 재 맑을 청 시내 계 어찌 하 곳 처 가 변
洞　在　清　溪　何　处　边。

아련하게 솟아오른 다리와 멀리 들판의 안개,
호수 서쪽의 물가 바위에서 어부에게 묻는다.
복사꽃은 온종일 물을 따라 흘러가는데,
도화원 가는 동굴은 맑은 계곡의 어디에 있는가?

隐隐(은은) 희미하게. 아련하게. 은은하게.

飞桥(비교) 날아오르는 듯한 다리. 솟아오른 다리.

隔(격) 거리를 두고. 멀리.

野烟(야연) 들판의 안개.

石矶(석기) 물가에 돌출한 암석.

问渔船(문어선) '어부에게 묻다'로 해석함. 또한, 어부는 어디론가 가고 없는 빈 배에 대고 묻는 것으로 해석할 수 있을 것임.

洞(동) 도화원으로 들어가는 동굴.

何处边(하처변) 어느 쪽에 있는가? 어디에 있는가?

도화원은 실존하는 세계인가, 마음속에 있는 세상인가? 이상세계를 향한 확신과 그곳에 닿지 못하는 인간 사이의 거리감을 그린 시다. 도연명의 도화원기(桃花源记)를 참고하여 감상하면 좋을 것이다.

題都城南莊(제도성남장)

장안 남쪽 마을에서 쓴 시

唐·崔护
당·최호

去年今日此门中，

人面桃花相映红。

人面不知何处去，

桃花依旧笑春风。

■ 한자의 뜻과 음

갈 거 해 년 이제 금 날 일 이 차 문 문 가운데 중
去　年　今　日　此　门　中　,

사람 인 낯 면 복숭아 도 꽃 화 서로 상 비칠 영 붉을 홍
人　面　桃　花　相　映　红　。

사람 인 낯 면 아니 불 알 지 어찌 하 곳 처 갈 거
人　面　不　知　何　处　去　,

복숭아 도 꽃 화 의지할 의 옛 구 웃을 소 봄 춘 바람 풍
桃　　花　依　旧　笑　春　风　。

작년 오늘 이 대문 안에서,

그 사람 얼굴과 복숭아꽃이 서로 어울리며 붉었지.

사람은 어디로 갔는지 알 수 없고,

복숭아꽃만 여전히 봄바람에 웃고 있네.

都城(도성) 장안성.

南莊(남장) 남쪽 마을.

相映(상영) 서로 어울리다. 대비를 이루다.

何处(하처) 어디. 어느 곳.

依旧(의구) 여전히. 변함없이.

이루지 못한 사랑 이야기를 담은 시다. 작년에 본 여인에 대한 그리움
으로 복숭아꽃 만발한 올해 다시 그 집 앞에 찾아 왔지만, 대문과 복숭
아꽃은 그대로인데 그 사람은 어디론가 가고 없다. 복숭아꽃은 그의 짝
사랑을 알고 있는 듯 봄바람에 흔들리며 웃고 있다.

寒食
한식

唐·韩翃
당·한굉

春城无处不飞花，
寒食东风御柳斜。
日暮汉宫传蜡烛，
轻烟散入五侯家。

봄춘 재성 없을무 곳처 아니불 날비 꽃화
春　城　无　处　不　飞　花，

찰한 밥식 동녘동 바람풍 거느릴어 버들류 기울사
寒　食　东　风　御　柳　斜。

날일 저물모 한수한 집궁 전할전 밀랍 촛불촉
日　暮　汉　宫　传　蜡　烛，

가벼울경 연기연 흩을산 들입 다섯오 제후후 집가
轻　　烟　散　入　五　侯　家。

봄날 성안에는 꽃잎이 흩날리지 않는 곳이 없고,

한식일 동풍에 궁궐의 버드나무는 비스듬히 드러눕는다.

해가 질 무렵 궁중에서 초를 전하여 불을 붙이고,

가벼운 연기는 다섯 제후의 집 안으로 스며든다.

주요 어휘

寒食(한식) 이날 하루 불을 피우지 않는 풍습이 있었음. 춘추시대 진나라의 개지추(介之推)를 기리기 위한 것이라는 설이 있다.

御柳(어류) 궁궐 안의 버드나무.

汉宫(한궁) 당나라 시기의 궁궐. 궁(宫)자 앞에 한(汉)자를 써서 당나라를 비유한 것은 당나라 시인들의 관행적 표현으로 알려짐.

传(전) 황제의 명을 받아 상으로 초를 전하는 의미로 쓰임.

轻烟(경연) 가벼운 연기. 촛불에서 나는 은은한 연기. 황제의 은혜로 비유하여 해석할 수 있고, 통치자인 황제의 옹졸함을 풍자하는 것이기도 함.

五侯(오후) 다섯 제후. 동한 시기 외척 양기(梁冀) 등 5인, 또는 환관 단초(单超)등 5인 제후를 말함.

감상 도움

당시 집집마다 불의 사용을 금지하는 날임에도, 오직 황궁에는 초와 촛불이 있고 황제의 총애를 받는 신하와 귀족의 집에 초가 하사되는 것을 풍자하는 일종의 정치풍자시다. 한식의 풍습을 묘사하지만 황제 중심의 신분위계를 함축적으로 표현한다.

读书(독서)
공부

唐·韩愈
당·한유

书山有路勤为径，

学海无涯苦作舟。

田间若有名利路，

牧童何须苦读书。

■ 한자의 뜻과 음

글 서 뫼 산 있을 유 길 로 부지런할 근 할 위 지름길 경
书 山 有 路 勤 为 径 ,

배울 학 바다 해 없을 무 물가 애 괴로울 고 지을 작 배 주
学 海 无 涯 苦 作 舟 。

밭 전 사이 간 같을 약 있을 유 이름 명 이로울 리 길 로
田 间 若 有 名 利 路 ,

기를 목 아이 동 어찌 하 모름지기 수 괴로울 고 읽을 독 글 서
牧 童 何 须 苦 读 书 。

지식의 산에 길이 있다면 부지런함으로써 지름길로 삼고,
학문의 바다는 끝이 없으니 힘들게 배를 저어가야 한다.
밭고랑 사이에 출세의 길이 있다고 하면,
소치는 아이는 무엇하려 고생스럽게 공부를 하겠는가?

■ **주요 어휘**

书山(서산) '지식의 산'으로 해석함.

勤为径(근위경) 부지런함을 길로 삼다. 근면함을 길로 삼다.

学海(학해) '학문의 바다'로 해석함.

苦作舟(고작주) 고생스럽게 배를 젓다. 힘들게 배를 젓다.

若(약) 만약.

名利路(명리로) 출세의 길.

何须(하수) 어찌 ~해야 하는가?

苦读书(고독서) 힘들게 공부하다.

■ **감상 도움**

학문의 길은 부지런함을 통하여 열어나가고 각고의 고생을 무릅쓰고
공부를 해 나갈 것을 권고하고 있다. 이 시와 관련하여, 많은 학문 연구
자들이 좌우명으로 삼은 '판등수좌십년냉, 문장불사일구공(板凳须坐十年
冷，文章不写一句空)'이라는 구절도 참고할 만하다.

春雪(춘설)
봄에 내리는 눈

唐·韩愈
당·한유

新年都未有芳华，

二月初惊见草芽。

白雪却嫌春色晚，

故穿庭树作飞花。

■ 한자의 뜻과 음

새 신 해 년 도읍 도 아닐 미 있을 유 꽃다울 방 빛날 화
新 年 都 未 有 芳 华，

두 이 달 월 처음 초 놀랄 경 볼 견 풀 초 싹 아
二 月 初 惊 见 草 芽。

흰 백 눈 설 물리칠 각 싫어할 혐 봄 춘 빛 색 늦을 만
白 雪 却 嫌 春 色 晚，

연고 고 뚫을 천 뜰 정 나무 수 지을 작 날 비 꽃 화
故 穿 庭 树 作 飞 花。

새해가 되어도 아름다운 꽃을 피우는 것이 없고,

이월 초에야 마침내 풀의 싹을 보고 놀란다.

백설은 느릿느릿 오는 봄 기운을 도리어 미워하고,

정원의 나무를 타고 올라 흩날리는 꽃이 되었네.

都(도) 모두 또는 전부의 뜻.

华(화) 꽃 화(花)로 해석함이 적절함.

二月初(이월초) 이월 초 또는 '이월이 되어서야 막'의 뜻으로 해석 가능.

却(각) 물리칠 각. '오히려' 또는 '도리어'로 해석.

飞花(비화) 날리는 꽃잎. 흩날리는 꽃.

봄을 기다리는 애타는 마음을 표현한 시다. 시는 1·3구의 정적 상황을
2·4구에서 동적 상황으로 전환시키고 있다.

78

画眉鸟
화미조

北宋·欧阳修
북송·구양수

百啭千声随意移，
山花红紫树高低。
始知锁向金笼听，
不及林间自在啼。

■ 한자의 뜻과 음

일백 백 지저귈 전 일천 천 소리 성 따를 수 뜻 의 옮길 이
百　啭　千　声　随　意　移，

뫼 산 꽃 화 붉을 홍 자줏빛 자 나무 수 높을 고 낮을 저
山　花　红　紫　树　高　低。

비로소 시 알 지 쇠사슬 쇄 향할 향 쇠 금 대바구니 롱 들을 청
始　知　锁　向　金　笼　听，

아니 불 미칠 급 수풀 림 사이 간 스스로 자 있을 재 울 제
不　及　林　间　自　在　啼。

수없이 지저귀고 온갖 소리를 내며 마음대로 옮겨 다니고,

산에는 울긋불긋 꽃이 피고 나무는 높고 낮은 것이 다양하다.

금으로 장식된 새장에 가두어 듣는 소리가,

숲에서 자유로이 지저귀는 소리만 못하다는 것을 비로소 알았네.

画眉鸟(화미조) 새 이름. 등은 황갈색이고 배 부분은 황백색을 띤 새로, 눈썹이 그려진 듯 눈 위에 흰 줄무늬가 있으며 아름다운 울음소리로 유명하다.

百啭(백전) 백 번을 지저귀다. 수없이 곡조를 바꾸어 지저귄다.

随意(수의) 뜻대로 하다. 생각대로 하다.

山花红紫(산화홍자) 산에 핀 붉은 꽃과 보라색 꽃. 산에 울긋불긋 꽃이 핀

始知(시지) 마침내 알다.

锁向金笼(쇄향금롱) 금으로 장식된 새장에 가두다.

不及(불급) ~에 미치지 못하다. ~보다 못하다.

화미조는 아름답게 지저귀지만, 화려한 새장에서 자유가 없는 삶보다 자연에서 자유롭게 날며 노래 부르는 삶이 더 소중함을 표현하고 있다.

79

洗儿(세아)
아들을 목욕시키며

北宋·苏轼
북송·소식

人皆养子望聪明,
我被聪明误一生。
唯愿孩儿愚且鲁,
无灾无难到公卿。

■ 한자의 뜻과 음

사람 인 다 개 기를 양 아들 자 바랄 망 귀밝을 총 밝을 명
人 皆 养 子 望 聪 明 ,

나 아 입을 피 귀밝을 총 밝을 명 그르칠 오 한 일 날 생
我 被 聪 明 误 一 生 。

오직 유 바랄 원 아이 해 아이 아 어리석을 우 또 차 노둔할 로
唯 愿 孩 儿 愚 且 鲁 ,

없을 무 재앙 재 없을 무 어려울 난 이를 도 공평할 공 벼슬 경
无 灾 无 难 到 公 卿 。

사람들은 다 아이를 키우면서 총명하기 바라지만,

나는 총명 때문에 일생을 그르쳤네.

아이가 어리석고 둔하다 하더라도,

재앙과 어려움 없이 공직에 오르기를 바랄 뿐이다.

皆(개) 모두. 다.

被聪明(피총명) 총명 때문에.

唯愿(유원) 오로지 ~만을 바란다. 마지막 구절까지 포함하여 해석.

到公卿(도공경) 벼슬에 오르다. 공직에 오르다.

소식(苏轼)이 아들을 씻기며 지은 시로, 세상 부모의 마음을 잘 표현하고 있다. 즉, 자식의 안녕과 평온한 삶을 염원하는 부모의 보편적 정서를 잘 나타낸다.

80

水调歌头 (수조가두)

北宋·苏轼
북송·소식

수조라는 음악 형식에 맞춘 노래의 머리 부분

明月几时有，把酒问青天。

不知天上宫阙，今夕是何年。

我欲乘风归去，唯恐琼楼玉宇，高处不胜寒。

起舞弄清影，何似在人间。

转朱阁，低綺户，照无眠。

不应有恨，何事长向别时圆。

人有悲欢离合，月有阴晴圆缺，此事古难全。

但願人长久，千里共婵娟。

■ 한자의 뜻과 음

밝을 명 달 월 몇 기 때 시 있을 유　잡을 파 술 주 물을 문 푸를 청 하늘 천
明　月　几　时　有，把　酒　问　青　天。

아니 불 알 지 하늘 천 위 상 집 궁 대궐 궐　이제 금 저녁 석 이 시 어찌 하 해 년
不　知　天　上　宫　阙，今　夕　是　何　年。

나 아 하고자할 욕 탈 승 바람 풍 돌아갈 귀 갈 거　오직 유 두려울 공 아름다운옥 경
我　欲　乘　风　归　去，唯　恐　瓊

누각 누 옥 옥 집 우　높을 고 곳 처 아니 불 이길 승 찰 한
楼 玉 宇, 高 处 不 胜 寒。

일어날 기 춤출 무 희롱할 롱 맑을 청 그림자 영　어찌 하 같을 사 있을 재 사람 인 사이 간
起 舞 弄 清 影, 何 似 在 人 间。

구를 전 붉을 주 집 각　낮을 저 비단 기 집 호　비칠 조 없을 무 잘 면
转 朱 阁, 低 绮 户, 照 无 眠。

아니 불 응할 응 있을 유 한할 한　어찌 하 일 사 길 장 향할 향 나눌 별 때 시 둥글 원
不 应 有 恨, 何 事 长 向 别 时 圆。

사람 인 있을 유 슬플 비 기쁠 환 떠날 리 합할 합　달 월 있을 유 그늘 음 맑을 청 둥글 원
人 有 悲 欢 离 合, 月 有 阴 晴 圆

이지러질 결　이 차 일 사 옛 고 어려울 난 온전할 전
缺 , 此 事 古 难 全 。

다만 단 원할 원 사람 인 길 장 오래 구　일천 천 마을 리 함께 공 고울 선 예쁠 연
但 愿 人 长 久, 千 里 共 婵 娟。

■ 내용 해석

밝은 달은 언제부터 있었는지, 술을 들고 푸른 하늘에 묻는다.

하늘 위 궁궐에서 오늘 저녁은 무슨 해인지 알 수 없네.

바람을 타고 돌아가고 싶으나, 옥과 구슬로 장식된 천상의 궁궐은, 높은 곳이라 오직 추위를 이기지 못할까 두렵다.

춤추며 맑은 그림자를 희롱하니 어찌 인간 세상에 있는 것 같다고 할 것인가?

붉은 누각을 돌고, 낮은 비단 창에 드리워, 달빛은 잠 못 이루게 비추네.

달은 원망이 없을진대, 어찌하여 이별을 할 때에는 늘 둥글게 떠 있는가?

사람에게는 슬픔과 기쁨이 있고 헤어짐과 만남이 있으며, 달은 흐린 날과 맑은 날 차오름과 이지러짐이 있으니, 세상일은 예로부터 완전하기 어려운 것이로다.

182

다만, 우리가 오래도록 살아, 천리 길 멀리서도 함께 곱고 아름다운 달을 바라볼 수 있기를 소원한다.

■ 주요 어휘

水调(수조) 수조라는 곡조 형식을 말함.

歌头(가두) 노래의 머리. 서두 부분의 노래.

唯恐(유공) 오직 ~을 두려워한다.

瓊楼玉宇(경루옥우) 천상의 화려한 궁전을 뜻함.

何似在人间(하사재인간) 어찌 인간 세계에 있는 것 같다고 할 것인가? 더 이상 인간 세상에 있는 것 같지 않다는 의미.

此事(차사) 이 일은. 세상의 일을 말함.

婵娟(선연) 곱고 아름답다. 시에서는 달을 지칭함.

■ 감상 도움

중국 문학사에서 가사 문학의 최고봉에 이르는 작품으로 꼽힌다. 동파가 멀리 떨어진 동생 소철을 그리워하며 쓴 가사로 알려져 있으며, 달을 통하여 이별과 인생의 무상함 및 그 너머의 초탈함을 노래한다. 이 시를 내용으로 한 현대 가요(但願人长久)가 있다.

81

饮湖上初晴后雨
(음호상초청후우)

北宋·苏轼
북송·소식

서호에서 술을 마시는데 맑았다가 비가 옴

水光潋滟晴方好,
山色空濛雨亦奇。
欲把西湖比西子,
淡妆浓抹总相宜。

■ **한자의 뜻과 음**

물 수 빛 광 넘칠 렴 출렁거릴 염 맑을 청 모 방 좋을 호
水　光　潋　滟　晴　方　好 ,

뫼 산 빛 색 빌 공 가랑비올 몽 비 우 또 역 기특할 기
山　色　空　濛　雨　亦　奇 。

하고자할 욕 잡을 파 서녘 서 호수 호 견줄 비 서녘 서 아들 자
欲　　把　西　湖　比　西　子 ,

맑을 담 단장할 장 짙을 농 바를 말 합할 총 서로 상 마땅 의
淡　妆　浓　抹　总　相　宜 。

물빛은 넘실거리고 날씨가 개이니 정말 좋구나.

산색은 흐릿한데 비가 오니 또한 기이하다.

만약 서호를 서시에 비유한다면,

연한 화장도 짙은 화장도 언제나 잘 어울린다.

■ 주요 어휘

湖(호) 저장성 항저우시(杭州)의 서호(西湖)를 말함.

初晴后雨(초청후우) 맑았다가 비가 옴.

潋滟(렴염) 물결이 출렁이는 모습.

方(방) 정말. 강조를 뜻하는 것으로 여기서는 재(才)와 같은 뜻으로 쓰임.

空濛(공몽) 안개로 흐릿한 상태를 말함.

欲(욕) 만약 ~한다면.

西子(서자) 월나라 미인 서시(西施)의 애칭.

■ 감상 도움

맑은 날이든 비 오는 날이든 서호가 매우 아름답다는 것을 찬미하고 있
다. 이 시로 인하여 서호는 서시호(西子湖)라는 별칭을 얻음. 마지막 구
절은 지금도 자주 인용하는 구절이다.

題西林壁(제서림벽)

서림사 벽에 쓴 시

北宋·苏轼
북송·소식

横看成岭侧成峰，

远近高低各不同。

不识庐山真面目，

只缘身在此山中。

■ 한자의 뜻과 음

비낄 횡 볼 간 이룰 성 고개 령 곁 측 이룰 성 산봉우리 봉
横 看 成 岭 侧 成 峰 ，

멀 원 가까울 근 높을 고 낮을 저 각각 각 아니 불 한가지 동
远 近 高 低 各 不 同 。

아니 불 알 식 풀집 려 뫼 산 참 진 낮 면 눈 목
不 识 庐 山 真 面 目，

다만 지 인연 연 몸 신 있을 재 이 차 뫼 산 가운데 중
只 缘 身 在 此 山 中 。

멀리 보면 산고개요, 가까이 보면 산봉우리고,

멀고 가깝고 높고 낮은 것이 각기 다르구나.

여산의 진면목을 알지 못하는 것은,

단지 내 몸이 이 산중에 있기 때문이다.

西林(서림) 서림사(西林寺)를 의미하며, 장시성(江西省) 려산(庐山) 칠령(七
岭)의 서쪽에 위치한 사찰.

庐山(려산) 장시성(江西省) 소재의 명산.

真面目(진면목) 참 모습. 진리.

只缘(지연) 단지 ~때문이다.

중요한 철학적 의미를 내포하는 시로서 사람들로 하여금 전체와 부분,
거시와 미시의 관계를 정확히 파악하도록 하였고, 주관적 상황에 매여
서 대상을 객관적으로 파악하지 못함을 경계할 필요가 있음을 알리고
있다.

知足吟(지족음)

만족함을 아는 것에 대하여 읊음

北宋·邵雍
북송·소옹

无愁无虑亦无求，何必斤斤计小筹。
明月清风随意取，青山绿水任遨游。
知足自乐为安分，切莫贪求枉用愁。
神仙梦里终难到，退步还能见自由。

■ 한자의 뜻과 음

없을 무　근심 수　없을 무　생각할 려　또 역　없을 무　구할 구　　어찌 하　반드시 필　무게 근
无　愁　无　虑　亦　无　求，　何　必　斤

무게 근　셀 계　작을 소　셈할
斤　计　小　筹。

밝을 명　달 월　맑을 청　바람 풍　따를 수　뜻 의　가질 취　　푸를 청　뫼 산　푸를 록　물 수
明　月　清　风　随　意　取，　青　山　绿　水

맡길 임　노닐 오　헤엄칠
任　遨　游。

알 지　발 족　스스로 자　즐길 락　할 위　편안할 안　나눌 분　　온통 체　말 막　탐낼 탐　구할 구
知　足　自　乐　为　安　分，　切　莫　贪　求

굽을 왕　쓸 용　근심 수
枉　用　愁。

$$\underset{\text{귀신 신}}{神}\ \underset{\text{신선 선}}{仙}\ \underset{\text{꿈 몽}}{梦}\ \underset{\text{속 리}}{里}\ \underset{\text{끝 종}}{终}\ \underset{\text{어려울 난}}{难}\ \underset{\text{이를 도}}{到},\ \underset{\text{물러날 퇴}}{退}\ \underset{\text{걸음 보}}{步}\ \underset{\text{돌아올 환}}{还}$$

神 仙 梦 里 终 难 到, 退 步 还

能할 능 볼 견 스스로 자 말미암을 유
能 见 自 由 。

■ 내용 해석

근심도 걱정도 없고 또한 구함이 없으니, 어찌 사소한 일을 지나치게 따질 필요가 있겠는가?

밝은 달 청정한 바람은 마음대로 취할 수 있고, 푸른 산 맑은 물은 마음대로 노닐 수 있노라.

만족할 줄 알고 스스로 즐기는 것으로 분수를 지키며, 욕심을 부려 쓸데없이 근심을 불러들이지 말아야 한다.

신선이 되는 것은 꿈에서도 이루기 어려운 것이니, 뒤로 물러나면 오히려 자유를 만날 수 있을 것이다.

■ 주요 어휘

亦无求(역무구) 또한 구함이 없다.

何必(하필) 무엇 때문에 반드시 ~하려는가?

斤斤(근근) 지나치게 따지다.

小筹(소주) 사소한 이익. 사소한 일.

遨游(오유) 유유히 노닐다. 여행하다.

为(위) ~이 되다.

安分(안분) 분수를 지키다.

切莫(체막) 결코 ~하지 말라.

枉用(왕용) 헛되이 사용하다. 쓸데없이.

还(환) 도리어, 오히려.

지족상락(知足常乐), 즉 만족을 알면 늘 즐겁다는 노장사상을 표현하고 있다. 1구~4구는 세속에서 벗어나 자연과 더불어 사는 삶의 여유를, 5구~8구는 지족과 '물러남 즉 나아감'의 철학을 강조한다.

梅花

매화

北宋·王安石

북송·왕안석

墙角数枝梅,

凌寒独自开。

遥知不是雪,

为有暗香来。

■ 한자의 뜻과 음

담 장 뿔 각 셈 수 가지 지 매화 매
墙　角　数　枝　梅,

업신여길 릉 찰 한 홀로 독 스스로 자 열 개
凌　　寒　独　自　开。

멀 요 알 지 아니 불 이 시 눈 설
遥　知　不　是　雪,

할 위 있을 유 어두울 암 향기 향 올 래
为　有　暗　香　来。

■ 내용 해석

담 모퉁이 몇 개의 매화 가지에,
추위를 이겨내고 홀로 꽃이 피었네.
멀리서도 백설이 아님을 알았는데,
은은하게 풍겨오는 향기가 있기 때문이다.

■ 주요 어휘

凌寒(릉한) 추위를 무릅쓰다. 추위를 이기다.
遥知(요지) 멀리서도 알다.
为(위) ~때문에(因为).
暗香(암향) 드러내지 않는 향기. 은은한 향기. 그윽한 향기. 이 어휘는 송나라 초 임포(林逋967-1028)의 매화 관련 시구 '암향부동월황혼(暗香浮动月黄昏)'에서 유래한 것이라 한다.

■ 감상 도움

매화를 찬미한 시며, 고시에서 매화는 주로 눈(雪)과 함께 묘사된다. 눈과 매화가 고결함을 상징하기 때문이다. 이 시에서 매화는 눈과 같은 고결함뿐만 아니라 눈이 갖지 못한 그윽한 향기의 품격을 갖고 있음을 찬미한다.

人无再少年(인무재소년)

사람은 다시 소년이 될 수 없으니

北宋·黄庭坚
북송·황정견

杨柳春风今夜闲，

一杯浊酒问青天。

为何花有重开日，

人却从无再少年。

■ 한자의 뜻과 음

버들 양 버들 류 봄 춘 바람 풍 이제 금 밤 야 한가할 한
杨　柳　春　风　今　夜　闲，

한 일 잔 배 흐릴 탁 술 주 물을 문 푸를 청 하늘 천
一　杯　浊　酒　问　青　天。

할 위 어찌 하 꽃 화 있을 유 재차 중 열 개 날 일
为　何　花　有　重　开　日，

사람 인 물리칠 각 따를 종 없을 무 다시 재 적을 소 해 년
人　却　从　无　再　少　年。

봄바람에 버드나무 흔들리는 오늘 밤 한가로이,

탁주 한잔 들고 푸른 하늘에 묻는다.

어찌하여 꽃은 다시 피는 날이 있는데,

사람은 여태껏 다시 소년이 된 적이 없는가?

为何(위하) 왜. 무엇 때문에.

重(중) 다시. 재차.

却(각) 도리어. 오히려. 반대로. 그러나.

从(종) 종래(从来)의 뜻. 즉 지금까지, 여태껏, 이제까지의 뜻.

다시 오지 않는 청춘에 대한 감상을 읊은 시로, 영원한 자연과 인간 생명의 무상함을 대비시키고 있다.

偶成(우성)

우연히 지은 시

南宋·朱喜
남송·주희

少年易老学难成,

一寸光陰不可轻。

未觉池塘春草梦,

階前梧叶已秋聲。

적을 소 해 년 쉬울 이 늙을 노 배울 학 어려울 난 이룰 성
少　年　易　老　学　难　成，

한 일 마디 촌 빛 광 그늘 음 아니 불 옳을 가 가벼울 경
一　寸　光　陰　不　可　轻　。

아닐 미 깨달을 각 못 지 못당 봄 춘 풀 초 꿈 몽
未　　觉 池 塘 春 草 梦，

섬돌 계 앞 전 오동 오 잎 엽 이미 이 가을 추 소리 성
階　前　梧 叶　已　秋　聲。

소년은 쉽게 늙고 학문은 이루기 어려우니,
촌음의 시간도 가벼이 하지 마라.
연못가의 봄풀은 아직 꿈에서 깨어나지도 않았는데
섬돌 앞의 오동잎은 벌써 가을 소리를 낸다.

偶成(우성) 우연히 이루다. 우연히 (시를)짓다.
一寸(일촌) 한 마디. 짧은 길이(한자의 10분의 1 길이). 한 치의. 약간의. 하찮은.
光陰(광음) 시간, 세월.
池塘(지당) 못. 못가의 둑.
秋声(추성) 가을 소리. 나뭇잎 떨어지는 소리.

주자학을 창시한 주자의 작품으로 세월의 빠름, 학문의 어려움과 시간
을 헛되이 보내지 말라는 교훈을 담은 시다.

重午日戏书(중오일희서)

단오날에 재미 삼아 적다

南宋·辛弃疾
남송·신기질

青山吞吐古今月,

绿树低昂朝暮风。

万事有为应有尽,

此身无我自无穷。

푸를 청 뫼 산 삼킬 탄 토할 토 옛 고 이제 금 달 월
青　山　吞　吐　古　今　月,

푸를 녹 나무 수 낮을 저 높을 앙 아침 조 저물 모 바람 풍
绿　树　低　昂　朝　暮　风。

일만 만 일 사 있을 유 할 위 응할 응 있을 유 다할 진
万　事　有　为　应　有　尽,

이 차 몸 신 없을 무 나 아 스스로 자 없을 무 궁할 궁
此　身　无　我　自　无　穷。

청산은 예나 지금이나 달을 삼키고 토해내고,

푸른 나무는 아침 저녁 바람에 고개를 들고 숙인다.

만사에 인위적인 것은 응당 끝이 있으나,

이 몸은 자아에 대한 집착이 없으니 스스로 부족함이 없도다.

■ **주요 어휘**

重午日(중오일) 단오날(음력 5월 5일)을 말함.

有为(유위) 행함이 있는 것. 인위적인 것은.

无我(무아) 내가 없음. 고정된 참된 자아가 없는. 자아에 대한 집착이 없는.

■ **감상 도움**

자연의 항구성과 역동성, 인생사의 유한함, 생사를 초월한 무아 상태의
자유로움을 표현한 것으로 이해할 수 있다. 즉, 아집을 버릴 때 비로소
스스로의 정신적 자유로움을 얻을 수 있음을 알리고 있다.

88

游园不值(유원불치)

정원에 찾아갔으나 주인을 만나지 못함

南宋·叶绍翁
남송·엽소옹

应怜屐齿印苍苔，

小扣柴扉久不开。

春色满园关不住，

一枝红杏出墙来。

■ 한자의 뜻과 음

응할 응 불쌍히여길 련 나막신 극 이 치 도장 인 푸를 창 이끼 태
应　　怜　　屐　齿　印　苍　苔，

작을 소 두드릴 구 섶 시 사립문 비 오랠 구 아니 불 열 개
小　　扣　柴　扉　久　不　开。

봄 춘 빛 색 찰 만 동산 원 관계할 관 아니 불 살 주
春　色　满　园　关　　不　　住，

한 일 가지 지 붉을 홍 살구 행 날 출 담 장 올 래
一　枝　红　杏　出　墙　来。

푸른 이끼에 나막신 자국이 찍힐 것을 염려하고,

사립문을 살짝 두드렸지만 오래도록 문을 열어주지 않았다.

봄 기운은 뜰에 가득하여 주체할 수 없고,

붉은 살구꽃 가지 하나가 담장을 넘어 나왔다.

■ 주요 어휘

不值(불치) 여기서는 주인을 만나지 못함(불우不遇)으로 해석함이 적절함.

应(응) 아마도, 당연히. 아마~일 것이다.

展齿印(극치인) 나막신 굽 자국. 푸르게 자란 이끼가 있는 문 앞에 오래

서 있으면 이끼 위에 나막신 자국이 날 것이라는 의미로 표현.

小扣(소구) 가볍게 두드리다. 살짝 두드리다.

柴扉(시비) 나무로 만든 시골집 작은 문. 사립문.

关不住(관불주) 막을 수 없다. 붙잡아 둘 수 없다. 주체할 수 없다로 해석함.

■ 감상 도움

어떠한 것도 억누를 수 없는 봄의 무한한 생명력을 묘사하는 시다. 정

원의 주인을 만나러 갔으나 만나지 못하고 돌아오면서 사립문과 담 너

머로 봄의 생명력과 아름다움을 확인한다.

89

天净沙·秋思(천정사·추사)

천정사라는 곡조에 맞춘 시·가을에 품은 생각

元·马致远
원·마치원

枯藤老树昏鸦，

小桥流水人家，

古道西风瘦马。

夕阳西下，

断肠人在天涯。

■ 한자의 뜻과 음

마를 고　등나무 등　늙을 로　나무 수　어두울 혼　갈까마귀 아
枯　　藤　　老　树　　昏　　鸦 ，

작을 소　다리 교　흐를 류　물 수　사람 인　집 가
小　　桥　流　水　人　家 ，

옛 고　길 도　서녘 서　바람 풍　여윌 수　말 마
古　道　西　风　瘦　马 。

저녁 석　볕 양　서녘 서　아래 하
夕　阳　西　下 ，

끊을 단　창자 장　사람 인　있을 재　하늘 천　물가 애
断　肠　人　在　天　涯 。

마른 등나무와 늙은 나무에 저녁 까마귀 울고,

작은 다리 아래로 흐르는 물은 인가로 이어지는데,

오래된 길을 따라 찬바람을 맞으며 여윈 말이 간다.

저녁 해는 서산에 지고,

슬픔 가득한 나는 하늘 가에 서 있네.

昏鴉(혼아) 해질 무렵의 까마귀. 문학 작품에서 가을의 쓸쓸함을 대변하는 소재로 활용됨.

西风(서풍) 찬바람. 쓸쓸함을 표현.

断肠人(단장인) 창자가 끊어질 듯 슬픈 나그네. 슬픔에 잠긴 사람.

天涯(천애) 하늘 끝. 매우 먼 곳. 머나먼 타향.

중국 문학사에서 매우 출중한 가을 회상 한시 중의 하나다. 가을의 쓸쓸한 풍경과 나그네의 고향 그리움을 압축적으로 표현하고 있다.

90

寻胡隐君(심호은군)

明·高启
명·고계

호씨 성을 가진 은자를 찾아가다

渡水复渡水,

看花还看花。

春风江上路,

不觉到君家。

■ 한자의 뜻과 음

건널 도 물 수 회복할 복 건널 도 물 수
渡　水　复　渡　水,

볼 간 꽃 화 돌아올 환 볼 간 꽃 화
看　花　还　看　花。

봄 춘 바람 풍 강 강 위 상 길 로
春　风　江　上　路,

아니 불 깨달을 각 이를 도 임금 군 집 가
不　觉　到　君　家。

■ 내용 해석

물을 건너고 또 다시 물을 건너서,
꽃을 보고 또 꽃을 보면서 간다.
봄바람이 부는 강가의 길을 따라 가니,
어느새 그대의 집에 닿았다.

■ 주요 어휘

尋(심) 방문하다. 찾아가다.
胡隱君(호은군) 호씨 성을 가진 은자(세상과 거리를 두고 은거하며 살아가는 선비).
不覺(불각) 부지불식간에. 어느새.

■ 감상 도움

친구를 찾아가는 여정에서 물이 흐르고 꽃이 피고 춘풍이 부는 강남의
풍경을 묘사한 그림 같은 시다.

91

言志(언지)

뜻을 밝히다

明·唐寅
명·당인

不炼金丹不坐禅,
不为商贾不耕田。
闲来写就青山卖,
不使人间造孽钱。

■ 한자의 뜻과 음

아니 불　달굴 련　쇠 금　붉을 단　아니 불　앉을 좌　좌선 선
不　炼　金　丹　不　坐　禅,

아니 불　할 위　장사 상　앉을장사 고　아니 불　밭갈 경　밭 전
不　为　商　贾　不　耕　田。

한가할 한　올 래　베낄 사　나아갈 취　푸를 청　뫼 산　팔 매
闲　来　写　就　青　山　卖,

아니 불　하여금 사　사람 인　사이 간　지을 조　서자 얼　돈 전
不　使　人　间　造　孽　钱。

연금술을 연마하여 불로장생을 추구하지 않고, 좌선도 하지 않으며,
장사를 하여 팔지도 않고, 밭을 갈아 농사를 짓지도 않겠다.
한가할 때 청산을 그려서 팔고,
부정한 방법으로 나온 세상의 돈을 사용하지 않으리라.

炼金丹(연금단) 금단(연금)술을 연마하다. 불로장생술을 연마하다.
坐禅(좌선) 좌선 수행.
商贾(상고) 상인, 장사하는 사람.
耕田(경전) 밭을 갈다. 농사를 짓다. 농부가 되다.
写就青山卖(사취청산매) 청산을 그려서 팔다. 산수화를 그려서 팔다.
造孽钱(조얼전) 부정한 방법으로 얻은 돈.

시인은 세속적인 삶의 영위 방식에 전적으로 기대지 않고, 소박한 자립
의 생계를 선언한다. 부정한 방법이나 부패한 방식의 돈을 탐하지 않고
정당한 방법에 의한 수입을 확보하려는 윤리가치관을 말하고 있다. 당
인의 자는 백호(伯虎)이며, 벼슬길이 막히자 은거하며 시와 그림으로 생
계를 유지하였다.

明日歌(명일가)

내일 노래

明·文嘉
명·문가

明日复明日，明日何其多。

我生待明日，万事成蹉跎。

世人若被明日累，春去秋来老将至。

朝看水东流，暮看日西坠。

百年明日能几何，请君聽我明日歌。

■ 한자의 뜻과 음

밝을 명　날 일　돌아올 복　밝을 명　날 일　　밝을 명　날 일　어찌 하　그 기　많을 다
明　日　复　明　日，　明　日　何　其　多。

나 아　낳을 생　기다릴 대　밝을 명　날 일　　일만 만　일 사　이룰 성　미끄러질 차　시기잃을 타
我　生　待　明　日，万　事　成　蹉　跎　。

인간 세　사람 인　같을 약　입을 피　밝을 명　날 일　묶을 루　　봄 춘　갈 거　가을 추　올 래
世　人　若　被　明　日　累，春　去　秋　来

늙을 노　장차 장　이를 지
老　将　至。

아침 조　볼 간　물 수　동녘 동　흐를 류　　저물 모　볼 간　날 일　서녘 서　떨어질 추
朝　看　水　东　流，　暮　看　日　西　坠　。

일백 백　해 년　밝을 명　날 일　능할 능　몇 기　어찌 하　　청할 청　임금 군　들을 청　나 아
百　年　明　日　能　几　何，　请　君　聽　我

밝을 명 날 일 노래 가

明 日 歌 。

■ 내용 해석

내일 또 내일, 내일이 어찌 그리 많은가?

나는 평생 내일을 기다리며 살았으니, 만사에 시기를 놓치고 말았네.

세상 사람들이 내일에만 매달려 있으면, 봄이 가고 가을이 오며 늙어만 가리다.

아침에는 물이 동쪽으로 흘러가는 것을 보고, 해질 무렵에는 해가 서쪽으로 떨어지는 것을 보네.

백 년을 살면 내일이 얼마나 될까? 그대여 나의 내일 노래를 들어 주오.

■ 주요 어휘

何其多(하기다) 어찌 그리 많은가?

蹉跎(차타) 세월을 헛되이 보내다. 시기를 놓치다.

若(약) 만약.

被明日累(피명일루) 내일에 얽매이다.

老將至(노장지) 늙어 간다. 장(將) 장차 ~하려한다. 지(至) 이르다. 도달하다.

墜(추) 낙하. 해가 지는 것을 말함.

能几何(능기하) 얼마나 될까? 얼마나 가능할까?

■ 감상 도움

오늘 할 일을 내일로 미루지 말 것을 강조하고, 모든 일을 내일로 미루면 어떤 일도 이룰 수 없음을 말하고 있다.

93

京师得家书(경사득가서)

집에서 보낸 편지를 받고

明·袁凯
명·원개

江水三千里,
家书十五行。
行行无别语,
只道早归乡。

■ 한자의 뜻과 음

강 강 물 수 석 삼 일천 천 마을 리
江 水 三 千 里,

집 가 글 서 열 십 다섯 오 행할 행
家 书 十 五 行。

행할 행 행할 행 없을 무 나눌 별 말씀 어
行 行 无 别 语,

다만 지 길 도 이를 조 돌아갈 귀 고을 향
只 道 早 归 乡。

강물은 삼천리를 흐르는데,

집에서 보낸 편지는 열다섯 줄.

한 줄 한 줄 별다른 말은 없고,

오직 빨리 집으로 돌아오라는 말만 하네.

京師(경사) 명나라 초기 수도 난징(南京)을 말함. 시인이 편지를 받은 지역.

家书(가서) 집에서 보낸 편지. 아내가 보낸 편지.

三千里(삼천리) 지금의 상하이 송강(松江)에서 난징까지의 거리를 과장하여 표현하고 있음.

行(행) 행할 행. 갈 행. 항렬 항. 문장을 세는 단위로 줄을 의미.

道(도) 말하다(说)의 뜻으로 쓰임.

절제된 표현 속에서 부부간의 깊은 사랑과 그리움을 표현한 시다.

94

雨过(우과)
비가 지나간 뒤

清·袁枚
청·원매

雨过山洗容，
云来山入梦。
云雨自往来，
青山原不动。

■ 한자의 뜻과 음

비 우 지날 과 뫼 산 씻을 세 얼굴 용
雨　过　山　洗　容　，

구름 운 올 래 뫼 산 들 입 꿈 몽
云　来　山　入　梦　。

구름 운 비 우 스스로 자 갈 왕 올 래
云　雨　自　往　来　，

푸를 청 뫼 산 언덕 원 아니 불 움직일 동
青　山　原　不　动　。

■ 내용 해석

비가 지나가면 산은 얼굴을 씻은 듯하고,

구름이 오면 산은 꿈속에 드는 듯하다.

구름과 비는 스스로 오고 가지만,

푸른 산은 한결같이 움직임이 없구나.

■ 주요 어휘

洗容(세용) 얼굴을 씻다.

入梦(입몽) 꿈속에 들다.

自往来(자왕래) 스스로 가고 오다.

原不动(원부동) 꿈쩍도 하지 않다.

■ 감상 도움

자연의 변화 속에서 인생의 변화무쌍함을 암시하고, 인생의 변화무쌍함 속에서 자신을 잃지 않는 고요함을 강조하는 철학적 메시지를 던지고 있다. 즉, 불교의 如如不动(여여부동)이나 도교의 핵심 사상인 无为而化(무위이화)의 교리를 함축하고 있다.

友谊(우의)

우정

有缘相识在京华,

异国异曲同音发。

友谊本就无国界,

意深何论遠天涯。

■ 한자의 뜻과 음

있을 유　인연 연　서로 상　알 식　있을 재　서울 경　빛날 화
有　　缘　　相　　识　　在　　京　　华,

다를 이　나라 국　다를 이　굽을 곡　한가지 동　소리 음　필 발
异　　国　　异　　曲　　同　　音　　发。

벗 우　마땅할 의　근본 본　나아갈 취　없을 무　나라 국　지경 계
友　　谊　　本　　就　　无　　国　　界,

뜻 의　깊을 심　어찌 하　논할 론　멀 원　하늘 천　물가 애
意　　深　　何　　论　　遠　　天　　涯。

■ 내용 해석

인연이 있어 베이징에서 서로 알게 되었고,

나라가 다르고 곡조가 다르지만 함께 소리 내어 노래 불렀네.

우정은 본디 국경이 없는 것이니,

그 깊이는 어찌 하늘 끝이 멀다 하리오.

■ 주요 어휘

京华(경화) 중국 베이징을 지칭함.

同音发(동음발) 함께 소리 내어 노래 부르다.

就(취) 바로 ~이다. 곧 ~이다.

意深(의심) 우정의 깊이.

何论(하론) 어찌 ~을 논하리오?

天涯(천애) 하늘 끝. 하늘 가. 매우 먼 곳.

■ 감상 도움

이 책의 마지막에 배치한, 이 시는 고시(古诗)가 아니다. 저자가 베이징에서 공부할 당시 절친한 중국인 교수가 저자를 위하여 선물한 서예 작품의 내용이다. 외국인 친구와의 만남과 우정 및 그 깊이에 대하여 적고 있다.

참고 문헌

- 中國古詩百首讀, 华语教学出版社, 1996.
- 唐诗三百首鉴赏辞典, 远方出版社, 2004.
- 唐诗鉴赏辞典, 上海辞书出版社, 1983.
- 中國歷代詩歌講讀, 한국방송통신대학 출판부, 2000.
- 中韓辭典, 高大民族文化研究所, 1998.
- 明文新玉篇, 明文堂, 1988.